文學讓喧囂安靜，讓失靈的剎車緩停。
是閱讀，伴我度過了生命中最寒冷的冬夜。
是書寫，讓枯索的日子變得有味道……。
是文學，讓我沉重的身心有了片刻的輕逸，舒展，自由。
也有了一片扎實的大地。

中國女性文學獎得主

曹明霞

中短篇小說集

說來話長

「貓空——中國當代文學典藏叢書」出版緣起

當代中國從不欠缺動盪的驚奇故事，卻少有靈魂拷問的創作自由。從禁錮之地到開放花園，透過自由書寫，中國作家直視自我，探索環境的遽變，以金石文字碰撞出琅琅聲響，讓讀者得以深度閱讀中國當代文學的歸向。

秀威資訊自創立以來，一直鼓勵大家「寫自己的故事，唱自己的歌，出版自己的書」，主張「不論任何人、在任何地方、於任何時間」都可以享有沒有恐懼的創作自由，這正是我們要揭櫫的現代生活根本，也是自由寫作的具體實踐。

期待藉此叢書，開拓當代中國文學的視野版圖，吸引更多中國作家投入寫作，讓自由世界以華文書寫的創作，中國作家的精采故事不再缺席。

「貓空——典藏叢書」編輯部

二〇二二年九月

推薦序

凝視女像——曹明霞的小說世界

林美琴
作家／讀寫培訓講師

女性生活處境與心路歷程是許多女性作家寫作的題材，而中國當代女作家曹明霞是箇中翹楚。她是中國女性文學獎及多項文學獎項的得主，擅長描寫各種女性角色，在她的小說裡大篇幅書寫女性生活樣貌，並以出色的女性生存景況洞察及幽微的心境剖析受到關注，被譽為是「最本色的女性文學」。

多年來，曹明霞勤於筆耕，這次在釀出版（秀威資訊）出版的《這個女人不尋常》、《說來話長》以及《母親陛下》三本書，收錄了近年來的中短篇小說創作，這些小說裡，以諸多女性的角色接引家庭、婚姻、愛戀、工作等現實生活的酸甜苦辣、悲歡離合。在各篇小說的場景裡，各式女子一一出場，有的顯赫，有的耀眼，有的卑微，卻總也逃不過在生活沼澤中的掙扎：或是自身想望的追尋與幻滅，或是家庭親情的羈絆與糾葛，或是婚姻的磨合或湊合，或是生兒育女的辛酸與煩憂，或是職場與人際關係裡的攀比或較勁，或是人情世故的進退與算計……。小說裡呈現了人生百態，也寫盡了在生活浪潮顛簸中的女性，歷經時光淘洗，不僅是身處滾滾紅塵的滄桑，還有一輩子拼搏也無法抵抗歲月風霜的美人遲暮，如同三部作品裡多次出現、曾經是戲子的女性角色，從戲劇到人生舞臺，聚光燈明明滅滅，斑駁的生活是小說的基調，而讀者隨著情境一路前去，在各個角色進退維谷的處境裡，咀嚼著作者在字裡行間的人生境況透視和內心暗流剖析，有如小說〈擊鼓傳花〉裡五味雜陳的人生滋味——不只是紅糖水味，還有汗味、競技場上發令槍的火藥味……，在風起雲湧的小說情節裡一再演繹著作者的人生洞察：「奮力活著之後，終究要妥協的將生命交給運氣與命運」。

每篇小說裡的人生行旅各自走著不同的風景，也來到各個沒有標準答案的結局，或者如〈今生緣〉裡的三姊妹，各自在自己的信仰裡叩問著人生；或是〈婚姻往事〉裡的亞光關於「不老蒼天和不幸人間」的領悟，在人世尋求淡定與妥協，只為現世安穩；或者是小說裡諸多人物回首如百孔千瘡礁石的過去，卻也只能繼續在生活迴圈裡浮沉；也或者就定格在無奈的情境裡，讓讀者的思緒繼續迴盪，臆測著接下來的命運；或是如〈婚姻誓言〉裡荒謬又苦澀的死亡結局，也有在〈母親陛下〉裡，看似被養兒育女磨蝕的女性，卻是快樂的母親，丈夫、孩子成就了她的國，而她是那國的王……。

曹明霞不設限的小說結局反映人生的無解或無常、無從捉摸也沒有標準答案，也更深刻回應著人生的課題，在個體的命運與家庭婚姻相互羈絆拉扯中，有的選擇寬宥與諒解；有的在迷惘裡，依然奮力尋找著生活的新方向；舊時代女性的身不由己，新時代女性的不認命，在家庭與婚姻裡堅持著自我實現的懸念，這些林林總總新舊時代交替或是境遇變遷的情感衰變或進退兩難，在小說角色的種種抉擇裡，也讓讀者思索著人生的出路。

從這樣的小說風景裡，我也想起了諾貝爾文學獎得主露伊絲・葛綠珂，她在寫作中有了這樣的領悟：

> 玫瑰不只是眾人渴羡的美麗花朵形貌，那蟲蛀或青綠的葉片、帶刺的枝幹也都是玫瑰的一部分。

世人渴求著功成名就、如花美貌的幸福美滿，卻忽略了挫敗、衰老也是人生的常態，所以她書寫生死並存、悲歡共舞、無常如常的各種生命形貌，希望讀者也能在浮沉世間通透人情，接納生命的實相，因而豁達，從而療癒。同樣的，凝視曹明霞小說世界裡的女性群像，從無憂青春、酸甜愛戀、婚姻經營、孕育兒女、家庭關係、職場處境等等的世俗描寫，也刻劃了人生多元的悲歡實相，在她事理人情的洞見裡，賦予了濃厚的悲憫情懷，也期待著讀者得以通透世情，獲得救贖與慰藉，尋找前方的光亮。

曹明霞曾經說：「黑夜捱久了，人們會渴望光。囚籠困久了，誰都嚮往自由。荒原，苦苦跋涉的人們，一定期盼腳下，能走出一條路。我，亦然。」這是她鍾情於文學創作的初衷，以及寫下這一篇篇小說的動能，如同她也曾經提及文學拯救了她——

遼闊的閱讀和寫作，讓沉重的身心有了片刻的輕逸，舒展，自由。也有了一片扎實的大地。

這撫慰她性靈的文學良藥，也讓她有了虔敬之心，以誠懇的筆觸寫盡人間煙火，也因著筆耕，開闢一條生命的出路，並且也希望讀者在閱讀這一篇篇小說時，應允她的期許：「文學讓喧囂安靜，讓失靈的剎車緩停。」在小說裡閱盡浮生，拾得一份通透，在浮生煙硝裡也能看見煙火般的絢爛與溫暖。

目次

錦瑟

蘇雲峰深諳對付女人之道，從年輕始，基本就是要文有文，要武有武。不然，他娶不到劉洋。

劉洋也算文武兼備，崑亂不擋。演過戲，又有點文化，懂風月亦解風情，只要她願意，幾分鐘內，就能讓男人壯懷激烈，心旌搖盪。比如，她對權力欲強的男人，會用一些「龍顏」、「聖上」這些看似調侃、實則阿諛卻並不肉麻的小詞兒；碰到有點浪漫的，那更是有了用武之地，三言兩語，同類對暗號一樣，瞬間知己。她這一本事，跟蘇雲峰分不開，耳濡目染，日久薰陶，相當於一個人不經意間跟了一名名教練——有秉賦者，槓上開花。天資平平，也不會再死木頭一塊。

不說話時，她款款落落，低眉斂眼，無論從哪方面看，她都像一個有幾分內秀的才藝女子，跟風塵又有不同，也遠離了演戲的蘭花指習慣。總之吧，你也說不上是哪兒，她總是流露出那麼幾分與眾不同。後來，網上比較流行「撩漢」一詞兒，對，她的不經意間，就是有點撩漢。蘇雲峰沿用了東北話，說她「撩騷兒」，說她悶巴出出，不顯山不露水的，最能撩騷兒，也是騷浪。

劉洋反駁他不禮貌、粗俗，管他叫焦大、老焦、焦大哥。當然，這都是指《紅樓夢》裡的那個馬夫了。有時，她還稱他西門、西門同志、老西，即《金瓶梅》裡的那個色徒。老蘇都不同意，也嚴重反對。他覺得以自己目前的狀態，應該是賈政、賈老爺，賈老爺的生活，怎麼能跟那些下流胚聯繫在一起呢？由此，他看劉洋的眼神，加了幾分輕蔑、慍怒。這樣的臉色，對劉洋來說，也是陌生的。從前，他可不是這樣啊！老蘇年輕時是搞戲曲研究的，一個冷門得沒有觀眾的行當，一個百無一用的書生。如今，三十年過去，老蘇已脫離了本行，轉戰成一名機關幹部，進而，老幹部。在他心中，曾經熬心費力評過的那些花花草草、脂脂粉粉，現在想來，似朝露，如雲霞，天邊的錦繡……

剛才，劉洋邊洗碗邊讓老蘇遞給她一件什麼東西，老蘇慢騰騰的。她催促他：「老焦，焦大哥，能不能快點？」

頭沒抬，也能感覺到空氣凝重了，變沉了。老蘇那隻正遞東西的手，鑄在半空中，面沉似水，他像沒聽懂一樣問：「什麼？你說什麼？誰是焦大？」

三個連問句，讓劉洋有點懵。那語氣，冷得如寒流。平時不是經常這樣開玩笑的嗎？怎麼，這一段，越來越長脾氣了？最近老是出現這種空氣緊張、說話不默契，到底，哪兒出了問題？

劉洋嘻地一笑，說：「璉二爺，璉二爺怎樣？」

老蘇「啪」的一聲把那塊毛巾擲到灶臺上，轉身進屋了。

劉洋洗碗碟的手像她的心跳一樣，加快了。一個時期了，老蘇的臉翻得比狗還快。從前，他們不是一直這樣嗎？劉洋觸景生情地給他起過很多綽號，他也沒少叫她呀，孫二娘、小金蓮兒，古今中外的舞臺上下，但凡有名的，他覺得她像什麼，就隨口叫她什麼。隨時隨地，移步換景，她從來沒生氣。倒覺得清貧的老蘇嘴上鑲了金邊兒，別人的嘴裡說出的話有時像話，有時像屁；而老蘇，每一句話從他嘴裡吐出來，都拐多少彎兒，滾來滾去，有珍珠的效果——好聽，好看，好玩兒。比金銀鑽戒還讓女人開心呢。那時，練水袖功卻喜歡跳狂野現代舞的劉洋，被老蘇諛為中國的「艾斯米拉達」（Esmeralda），劉洋也像艾斯米拉達一樣，從心底愛上了這個不俊的男人。他們就成婚了。

生活到底是個什麼東西呢？它流走了歲月，也流走了人心？從前只會演戲的劉洋，現在也經常像哲人一樣思考了。老蘇變了，變得很多。他從清瘦的一百多斤（五十多公斤），變成了現在這近二百的噸位，光那個肚子，就得占一半份量吧？主要是胃腸，都變得鐵石一樣硬，能不沉嗎？從前，老蘇還是蘇研究員時，他們可不是這樣，那時他們假戲真做，貧窮而快樂，吃著吃著飯，就能舞唱起來，又是挑水又是耕田的，董永、七仙女說扮就扮。而現在，她白天無論穿得多麼漂亮，他都視而不見了。只有夜晚，夜晚的時候，還算對她橫豎不嫌。說他是焦大、璉二，委屈他了嗎？

劉洋是個胳膊折在袖子裡的人物，任事不低頭。可以撩漢，但絕不肯伏低做小。她弄不清楚老蘇的脾氣為什麼越來越大，也懶得弄清。他想裝賈政，扮大老爺，她還不願意當那個呆木頭一樣的王夫人呢。劉洋把碗洗完，又去衛生間（洗手間）把自己洗漱乾淨，回到沙發上，認認真真地看起電視，自娛自樂，不慣著他。

電視演了有一集的工夫吧，老蘇出來說：「悶，熱，走，樓下涼快涼快去。」

納涼？也好，這七八月的華北，白天黑夜，屋裡屋外，都不是好待的。劉洋見好就收，她披掛上長褲、高幫鞋，小區裡的狗太多，去樓下要防止牠們舔著。劉洋非常非常討厭那些滿地出出溜溜的狗。

小區的人很多，這是一片城中村，當初開發商沒有經驗，把村民和外來戶的房子完全蓋在了一起，這樣房價就非常便宜。劉洋他們那時兩個孩子，都在上中學，經濟困窘，就把房子買在了這裡。小區的村民們，沒了地種，就開始一年四季，都在樓下坐著。無論冬夏、早晚，他們像上班一樣，到了時間，就出來，東一堆，西一堆，一般的時候是冬天隨著太陽，夏季，乘著蔭涼。遠看，圍坐一圈的他們像在開會，周圍吐滿了痰漬。劉洋是個潔癖近乎病態的女人，她走道要小心翼翼，有時突然一扯老蘇，因為老蘇走路喜歡仰臉朝天。對於這種突然地一扯，嚇一跳的老蘇，當然也很憤怒，他會教育她什麼「水至清無魚」之類，劉洋不理那套，警告他一會兒進家門，鞋子要脫在門口。他們為了這些，經常吵嘴，有時，甚至幾個小時、幾天不說話。到了這種時候，無論是蘇雲峰的文武之道，還是劉洋的雪月風花，都蒼白無力，自娛自樂的精神也提不起神兒。劉洋非常後悔把黃金地段的五十平（十五坪多），置換到這麼偏陋的城中村，光圖寬綽了，周圍環境的日益不妙，讓她糟心，一天比一天沮喪。有一次，她去看從前一個小姐妹的演出，自己也弄得花團錦簇的，可是，出了門，第一腳踩上狗屎；第二腿，裙子被刮（鉤）了。坐馬車、換驢車的費了大勁趕到劇場，戲看完，再向回走，烏泱泱的人流，一會兒就變成杳無人煙了——老蘇那天還出差，她一人跌撞走回家，黑黑的小區又是一腳狗屎。當天晚上，及至後來的很多天，劉洋趴在床上，呆看牆壁，不說話。

「一個狗屎，就嚇成那樣？」

「走路遠點，就活不了了？」

「看個戲，這麼多天回不過神兒？」

以上是老蘇的理解。劉洋對他搖了搖頭。眼神神聖。第一次，她沒有跟他開玩笑，沒有用俏皮話對付他。

後來的日子，劉洋就抱怨小區了，她跟女友王玲玲描述，在她們小區，每天，狗屎是隨便踩的，擦肩一過的人們，大多還保持著甩鼻涕的習慣，趕上風天，很倒楣。有個小夥子尿急，還把尿撒在了電梯裡，尿流沖斷電閘，電梯停擺一天。劉洋家在二十多層，爬上爬下，腿上的肌肉直哆嗦——「心驚肉跳」這四個字，讓她親眼看見了自己的實踐。不僅如此，後來，一些人養的大狗，也在電梯裡撒尿。大熱的天，能把人騷死。還有，劉洋非常不理解，那痰，你往哪兒吐不好呢，為什麼偏偏要吐到電梯的地面上？那麼小的地方，又是鋼板，你怎忍心？劉洋憤懣地向王玲玲傾訴，也對老蘇提出這些質疑。老蘇一般的時候給予沉默。偶爾，四兩撥千斤予以回擊。

她說：「這就不是人住的地方！」

「尿點尿、吐點痰，就不是人住的地方了？」

老蘇家在農村，對農民有感情。

「不光是尿點尿、吐點痰的問題，是素質，素質太差！」

「你還血統論呢，誰的素質不差？」

「知道講衛生的人，就不差。人跟狗，還是要有一點區別的。不能像豬狗。」

「髒點、亂點，就是豬狗了？」

「我看還不如豬狗！」

「張嘴豬狗，閉嘴豬狗，按你這標準，農村人都該送到集中營去唄？」

「你個女希特勒、女暴君。多虧你只是個演戲的。」老蘇又加了一句。

「我沒有希特勒的能耐，也沒那麼大的權。我管不了那麼多。我只想離開，離開，不在這兒住了！」

「你想住到哪兒？哪兒好？哪兒對得起你？」老蘇瞇起了眼睛，他譏諷地，說：「那個什麼什麼海，好，那裡好，你去得了嗎？人家要你嗎？」

老蘇沒把那個什麼海說出來，劉洋也明白。她說：「我去不了，你也照樣沒份。」

老蘇說：「我壓根兒就沒想去啊。城中村，接地氣，天天看鄉親，挺好。」

「你這是放屁！」劉洋很憤怒。

老蘇說：「那個什麼海你去不了，省府大院兒也行，也不錯，二十四小時熱水，有保安，有——」沒等他說完，劉洋的一隻枕頭向他飛來。

又一日，劉洋說：「現在的人，都用未來的錢，享受當下的生活。咱們也按揭（貸款），也花未來的錢，過今天的好日子。」

她報了一個小區的名字，老蘇知道，那個小區，一套一百多平（三十多坪）的房子，要四百萬（人民幣），還是毛坯。

她還鼓動：「人家那些年輕的，都能想開，要靠攢，得什麼時候攢到頭啊。再說了，現在的錢這麼毛，攢在手裡冰棍兒一樣化，到頭來吃虧的還是咱們。」

老蘇說：「老夫當不了愚公了，背不動大山了。老夫還想多活兩天呢。」

「喜兒呀，老爹實在不行了，太窮。你還是另嫁吧。女人想過上好日子，還得嫁一嫁。」

「另起爐灶吧。」

又一隻枕頭飛來。

若論窮，你老蘇年輕時不是比這更窮嗎？房無一間，錢無一沓，手中有的，是一個半大的兒子。那時他許諾，雖然現在一無所有，但是等孩子長大了，能自立了，他就會給她幸福，讓她天天快樂。現在，兩個孩子都長大了，他們也老了，他給她的幸福，在哪兒呢？

一出門，就一股悶熱的氣浪。華北的夏天，真是熱死人。剛才邁入電梯時，劉洋下意識地，捉了一下老蘇的胳膊，扯他。電梯地面不乾淨，老蘇走路喜歡仰著臉，他不在乎腳下。她一扯，他一梗，態度非常堅決，並不領她的情。劉洋恍悟，老蘇這是有談判的意思了。一段時間了，總是他提議散步，出來走走。走走間，不經意，他就會打退堂鼓，表示他願意給劉洋自由，讓她過好日子。老蘇的悶葫蘆裡，到底賣的什麼藥呢？年輕時兩人爭爭吵吵，高興不高興，也鬧了無數次，但從來，沒有說過分開。現在，他一再地提到這個話茬兒，表示願意單過。富易妻，貴易友，他個蘇門慶、蘇焦大，當了個破副處長，也要又易妻又易友了？不是這樣，他到底是什麼別的打算？想到這，劉洋的心裡又憤怒又灰暗，腿一軟，她不想走了，幾步奔到涼亭，擠一擠，坐下來。

土土鱉鱉的涼亭，已經坐滿了納涼的婦女，且多是中老年。城中村，裝飾卻力求現代，隔不遠就鑄著一尊水泥雕塑，還又是水塘又是斷橋的。劉洋坐著，蘇雲峰站著，那樣站了有一分鐘、兩分鐘，老蘇不會抽煙，就那樣杵著，劉洋心軟，還是拿他當自己的男人，心疼他，站起來扯上他的手，又往另一處走去。人工斷橋，水都抽乾了，塘裡露著石頭，黑乎乎趴著像一隻隻巨蛙。木板橋身，走在上面吱吱吖吖，他們勉強找了一處地方坐下。不遠處好像有人踩到狗糞了，對著黑夜大罵。近處，一老人掀開肚皮，默默地搓泥。劉洋噁心，又拉起蘇雲峰，向小區深處走去，在偏門的一角，終於找到一條石凳，兩人坐了下來。

劉洋不知死，還嘮叨，說：「現代人其實誤會了西門慶，冤枉了人家西門大人，給人家扣了那麼多頂帽子，又是色鬼又是淫棍的，其實，老西同志是多好的同志啊，熱愛婦女，真心真意，又買房子又置地，一房一房地往家娶。不像有些人，等靠混，連個房子都買不起。唉，老西同志和今天的男人比，算好男人啦。」

老蘇笑了，笑她傻娘兒們。人家都要把她「七出」了，她還在這兒振振有詞呢。真應了那句「籠雞有食湯鍋近」，有她哭都找不著墳頭的那天！

劉洋還繼續，說：「你還不如人家西門呢，人家老西讓女人錦衣玉食，有房子有地。你連買了房子自己住，都心疼錢！」

老蘇這回沒笑，他沉默了一會兒，鄭重其事地說：「咱倆，該分開了。在一起，也確實沒有好日子過。過幾天，我就搬出去。搬出去以後，你自己也多保重。」

劉洋一下子不熱了，倒有點冷。搬出去？搬出去不就是分開嗎？搬出去，搬出去不就是兩個人離婚？當初，老蘇是搬進來的，現在，他要搬出去。搬出去不就是和原來又一樣了嗎？離婚，不說離，而說搬，搬走。不愧有文化的男人啊。嘴巴真巧。

劉洋研究黑夜一樣盯著黑暗，研究了很久。從前，他們也有為某一事生氣，比如孩子、老人等。那時，鬧掰了，老蘇什麼也不說，像出門上班一樣，失蹤幾天，又回來了。而現在，他這樣說，還是頭一次。看來，他是另有打算了。

他為什麼要這樣呢？劉洋悲傷地想。

但她很堅強，絕不示弱。

蘇雲峰又慢悠悠地說：「你嫌我這嫌我那，嫌我是農村人，嫌我那些親戚不長記性、沒骨氣……。唉，細想想，你也沒有錯，哪個女人不想過好日子？我搬出去，你就自由了。以後，你跟了誰，都會住上好小區、大房子。」

劉洋的眼珠兒都不轉了。黑暗中，她看看周圍那些婦女，一個個的，泥巴一樣死胎胎地糊在那裡，她們肯定都家庭圓滿，可是沒有一個男人來陪著她們。只有她此時，還算成雙對兒，可是，可是，卻在談離婚。中年危機，以前只當耳旁風了，現在，她身臨其境，深刻體會了。看來，以後的日子要一個人了，像這些泥巴女人一樣，皮糙肉厚，禁磕禁造，隨便怎麼糊在日月的犄角旮旯，你就像那豬狗一樣，不，要比豬狗還皮實，還頑強，不然，你活不過去，整不好，要撂到這邊兒。五十左右歲死的，不是一個又一個嗎？

操他老爹的！

春天時，她和他對坐在飯店。這家叫「風休住」的飯店，很乾淨，很清雅，牆上貼著綢緞感極好的壁紙，和劉洋家新換的窗簾相似。門壁右側，是一幅高仿宋畫，鈐著歷代大咖的收藏印，其中就有乾隆的。環境和人很配。大川穿著黑色的襯衣，紮著黑色的腰帶，手腕上，是一塊黑屏也掩不住奢華的手錶。他瘦削的臉、無贅肉的腰，讓劉洋掃過第一眼，就認為，中年男人，瘦是王道。瘦比胖好。只有老蘇那樣的傻胖子，才胡吃海塞不知死。

一年過去，劉洋又瘦成了年輕時的模樣。從後面看，她依然是一個演員的身段，俏肩膀，蜂王腰，走起路來款款落落。只是轉得前來，看她的臉，眉眼間，那份恓惶、落寞，是多厚的粉底，也遮蓋不住的。人倒架兒不倒，劉洋是個要臉的人，內心多麼灰喪，出得門來，穿著、搭配，還是頗講究。粗打量，憂傷，楚楚，像個有錢人的遺孀。

蘇雲峰走了。王玲玲又成了她的心理理療師（治療師）。她一遍遍地跑到王玲玲家，問王玲玲為什麼。「世無英雄，小子們都成了處級幹部。」王玲玲說，「小人得志唄！貴易友，富易妻唄！」這些世俗的猜測，緩解不了她內心的難過。她說：「老蘇一個小屁處吏，還是副的，算什麼富貴呀。」玲玲說：「那沒辦法，他自己拿自己當皇帝了唄。老家那麼窮，幾輩子都沒出個讀書人，現在人家讀了書還當了官兒，有人供著敬著，抖抖威風，也是情理之中。」

劉洋發矇。說實話，她是不相信老蘇會真的跟她分開的，她以為就像從前一樣，他出去一段，涼快涼快，很快又會回來了。結果，她想錯了。老蘇走後，再無音信，只是聽別人說，他好像下鄉了，去哪裡扶貧，而且，這一走又要三五年。劉洋暗忖：「官兒迷啊，副的打不住，要奔正呢。從前怎麼就沒發現，他還是個有官癮的人呢？脂粉班頭兒那會兒，光見他體貼女人了，原以為是個情種，卻原來是個吏癡。」

一個人的日月，又開始像年輕時那樣，隔三差五，來王玲玲家。她們是藝校時的姐妹，玲玲也有過短暫婚史，之後，玲玲就把婚姻當毒品，戒了，再不碰了。她把全部的精神頭兒，都投入到工作上，是省臺（省電視臺）的大姐大，有權又有錢。玲玲的大部分時間，都在工作上。有人問她沒有丈夫、沒有孩子，將來的歸宿怎麼辦呢？玲玲說：「我的健康和才幹，就是我最好的歸宿。」她的這個論調，也說給劉洋，劉洋不認同，她說：「如果一個人在這個世界上，沒有丈夫，沒有孩子，那她還活個什麼勁兒呢？」

劉洋也是把婚姻當毒品了，只是她戒不掉。

她還說：「『女漢子』實在不是什麼好詞兒。」

玲玲看她花癡，就說：「以毒攻毒吧。」輾轉幫她介紹了大川。

現在，他們已經是第三次見面了。大川在省府的某個不太重要的部門工作，據他說，他的未來，是要找愛情的。如果還是那些平平淡淡的日子，還是從前的柴米油鹽，他自己過就很好了，何必再多一個？介紹人說了劉洋的情況，當年舞臺上的那個金嗓子，大川年輕時還聽過她的戲呢，那是明星般的人物啊。一見面，果然有幾分與眾不同。頭兩次兩人聊的都是家庭基本情況，這一次，話題已經是三觀了，漫憶式的，很開闊。

大川給她斟茶，那是自帶的紫砂小泥壺，茶葉，也是自帶的。大川還掏出了兩樣小吃，上好的乾果、精緻的甜點。單從這兩樣，可以管窺大川的生活。剛才的路上，大川接劉洋時，還提前把副座椅，加熱了，後背，也墊了薄厚適中的靠墊。這些細節，都讓劉洋暖心。她之前跟王玲玲說，再也不找文痞了，要找，就找理工科，工程技術人員。那些工程師們，他們的情感，還像他們所從事的技術一樣，中規中矩，沒有被踏爛。大川就是學化工的，幹過建設廳，後來到了政策研究室。大川做事確實有板有眼，要去哪裡，都是提前勘查好路線。比如今天這個地方，劉洋聽都沒聽說過，是大川尋寶一樣勘出來的。

他們品著茶，等待服務員上菜。大川輕咳了一下，邊擦嘴邊說：「早晨窗子開得時間太長了，有點著涼。」

「這麼冷的天，你怎麼還開窗？」

「屋裡暖氣太熱，燥。」

「你們暖氣還沒停？」

「這不倒春寒嘛，還給著呢。」大川說。

劉洋的眼珠，骨碌一下向下墜去了。她們小區，半月前就給停掉暖氣了，每年都是這樣——該來時，晚送；不該停時，又早停。連平時的水電燃，也被物業截幾道，叫耗損，想扣多少就扣多少，全由他們說了算。誰鬧，停水電。有一個退休的幹部，自以為有幾分文化，去理論，回來的路上還沒等到家，就被人開了瓢，當街頭破血流。

「省府大院兒好哇，這時候了還有暖氣。」劉洋看著大川高談闊論的嘴巴，忽然想起老蘇說過的，那個什麼什麼海，你是去不了了。省府大院不錯，沒有狗尿、沒有痰的，還水電從來不斷！……諷刺成了讖語？劉洋的眼珠兒又升起來了，帝王將相寧有種乎？帝王將相就是帶著命啊。住在省府大院裡的，也是天生命定呢。

大川告訴她，他每天，都過得非常快樂，打打麻將、釣釣魚，這差不多是他的全部生活。打麻將鞏固了交際，釣魚，則頤養身心。「現在這樣的日子，吃不愁，穿不愁，住也不愁，還有工資花。這樣的好生活，還有什麼理由不快樂呢？」

「那你要說，感謝黨、感謝政府了唄？」劉洋接話。

大川愣了一下，他不明白是什麼意思。看來，他平時不大看電視。

「你們有這麼好的日子，當然要感謝黨、感謝組織。那，那些農民、偏遠地區的山民，他們過得不好，是不是，要恨政府、怨政府呢？」

大川又愣了一下。愣一下然後說：「他們當然也得感謝啊。沒有政府，他們哪來現在的日子？你不知道嗎，現在什麼提留（提成存留）都沒有了，農民沒有稅，不用交任何稅。這可是幾千年來都沒有的政策啊。政府對農民有這麼大的恩惠，他們怎麼能不感謝呢。」

「看不出，你一個演戲的，還挺憂國憂民。」大川說。

劉洋歪了一下腦袋。眼神是失魂的。她的憂國憂民，在王玲玲看來，有點扭曲，有點變態。玲玲說：「洋洋，老蘇走後，你像變了一個人。」

「我憂國憂民嗎？一個女流之輩。」劉洋問了一下自己。

又晃了晃腦袋。

大川給她續上茶，愛憐地看著她。

服務員端來了一盤盤精美的菜肴，挺拔的小夥子，婷婷美好的姑娘，他們一個上菜，一個斟茶。大川揮了揮手，讓他們可以出去了。然後，自己布菜、斟茶。他告訴她，離劉洋家不遠的那幢大樓，當年就是他蓋的。那時他還沒到現在的部門，還很忙。從預算到審批到輕輕鬆鬆落成，兩個多億（人民幣），他活動腦筋，給領導省出兩千多萬，讓領導接下來的藍圖又好畫，又好幹。其中一大部分，都給員工們創了福利。現在，領導升了，他也走了，但是，大家都記住了他們。沒有不念他好兒的。「做人，就是要雁過留聲，抓鐵有痕。」大川的自豪溢於言表。

劉洋看著他，幽幽地說：「當年蓋奧斯威辛那幫兒，也一定認為自己很敬業。」

大川愣住了，顯然，他不知道奧斯威辛是什麼。待劉洋去了趟洗手間，再回來，大川用了度娘，他面有不悅，說：「我們蓋大樓，你把它比喻成那個集中營？」

「不是比喻，是，是，我是想說，現在好多人，每天都在糊糊塗塗、糊糊塗塗地幹，認為自己很忠誠，幹得很好。」

「你說我們糊塗？」大川的黑眼珠快頂到了腦門兒裡，略歪的脖子也表明他吃驚不小。他一定奇怪劉洋怎麼這樣說話，她精神不好嗎？

他幾乎是憤怒地再問一遍：「我們蓋大樓，你把它比喻成那個集中營？」

「不是。不是那樣比喻。我是想說，因為我們的體制，每天，有很多人，都在幹著低效、浪費，甚至無效、糟蹋的事，比如行業利益。財政的大樓比我們藝校的大樓氣派，你能說是因為他們能幹嗎？公安廳的樓也比文化廳的好，也不是因為誰更能幹。你說你為你們系統的員工創了福利，那，得利的這些人，利益從哪兒來？自然，是損害了另一幫、更大一批人的利益。可是有些人，根本不知道這些道理，還沾沾自喜。就像當年押送猶太人的那幫兵，他們一定以為，自己很盡職呢，完全不明白，其實自己在犯罪。」

「你說我們犯了罪？」大川的臉上黑雲壓頂了。

「你不會再把我比喻成那幫劊子手吧？」——大川把「劊(ㄍㄨㄟˋ)子手」唸成了「快(ㄎㄨㄞˋ)子手」。

還好，沒唸成「會(ㄏㄨㄟˋ)子手」。劉洋笑了。*

* 編按：劊子手「劊」音「快」，但在中國讀作「貴」，此處指許多不識字的人將此字讀成「會」或「快」。

大川把一杯茶一飲而盡。先前，那小盅，是一口一口的。現在，咕咚一下，嚥到肚裡，看得出，他是真生氣了。

劉洋說：「我沒有說你是那些押送的士兵。我只是說，我們有太多太多的糊塗蟲，每天，附在體制上，苟且碌碌，還活得很歡。」

大川挪開了目光，開始看牆壁了。他看了一會兒，說：「怪不得你每天都不快樂，原來你操這麼多的心！還都是跟你不挨邊兒的事。蓋個大樓，你也能扯上奧斯威辛，那些都跟你有什麼關係啊？別說國外，就是國內，輪得著你操心嗎？管好你自己得了。」

劉洋沒笑也沒怒，她說：「都有人說了，一個人專操心與自己無關的事，他要麼很偉人，要麼是精神病！」

「你看我像偉人？」

「我看你像精神病！」

「都說演戲的是瘋子，看來，大夥兒還真沒說錯。」

大川站起了身。

交通靠走，通訊靠吼，治安靠狗，取暖靠抖——老蘇的家鄉如今依然是這般模樣，「山青水秀風光好，只見大哥不見嫂」——這是上一次王玲玲採訪李寨村時，做專題片用的題目。現今，當年的大哥小夥兒，已變成了叔叔大爺。玲玲此番前來，是在做一個知青多少週年的紀念片兒，內容當然少不了感人的愛情故事。據傳，這個李寨村，如今只剩了一名女知青。女知青扎根這裡，除了跟當地的農民生了一堆娃，更關鍵的，是她暗戀一名同村的男教師。男教師當年給過這個女知青很多美好、溫暖。後來，男教師從民辦，考上了大學，又進城，又做了官。一個副處級的幹部，也相當於副縣長了。男教師富貴了不忘鄉親，回村扶貧。知道這個女知青罹患重病，不久於人世。男人圓了她的夢——陪著她，度過了人生最後一段艱辛的時光……

玲玲見到採訪對象，她驚得張大了嘴巴。

她拿起電話就往外跑：「劉洋，你說我看到誰啦？」

當劉洋打開微信，慢慢接收玲玲傳來的一張張圖片，她的嘴，也張大了。這個中年男人，懷裡抱著稻草人一樣的女人。男人也瘦了，抬頭紋那麼深，一道一道的像木刻。「老蘇啊，你個死胖子，你怎麼瘦成了這樣？」

秋天的時候，劉洋坐在土土鱉鱉的涼亭上，她在曬太陽。醫生告訴她，這樣可以補鈣。

她大風能刮走的身材，現在，太需要補鈣了。小區裡沒有人，正午的陽光暖洋洋的，那些喜歡曬太陽的農民，也學會睡午覺了。小涼亭低矮、寬笨，像一架大床，劉洋越來越喜歡這裡了，她抱著小枕頭、小墊子，累了，就躺下來，也像那些農民一樣，睡在大自然。隔著廊柱，遙看天地間，那大太陽，縷縷的金芒，像上帝順下的金縷天梯——金芒中，蘇雲峰向她走來了，還是當初窮教師時的模樣，灰不溜秋的廉價西裝，兩邊的衣角都對不齊……。她還在臺上，一捧接一捧地接著觀眾的獻花，沒有卸妝。老蘇腋下夾著個黑皮塑料（塑膠）筆記本，要對她專訪……。老蘇中年了，肥了，胖了，她叫他焦哥。他叫她黛胖兒，說哪有這麼胖的黛玉啊；為她伴奏，幫她寬衣，還誦起了李商隱的〈錦瑟〉。「錦瑟無端五十弦，一弦一柱思華年。莊生曉夢迷蝴蝶，望帝春心托杜鵑……。」劉洋問：「你不是上電視了嗎？不是在演偉大的愛情嗎？」說著她淚如雨下——「滄海月明珠有淚，藍田日暖玉生煙……。」老蘇說：「我已完成使命，我回來了。」「還走嗎？」「不走了。」——「此情可待誠追憶，只是當時已惘然。」

——天上的雲，變成了蔚藍的海水，無邊的海浪，載沉載浮著他們。劉洋覺得老蘇的兩隻有力臂膀像兩面小舢板，乘風破浪，海水又變成白雲了，鮫珠淚，玉生煙……遼闊的天地，金芒耀眼。劉洋也會唸誦了：「莊生曉夢迷蝴蝶，望帝春心托杜鵑。」——久久地，她不願意睜開眼睛，你這錦繡天地，你這繁華的世間……

——寫於二〇一八年春，河北石家莊

——二〇一八年七月九日，再修訂

——二〇二四年春，再校

花開兩朵

泥由火煉而成石，石由淚洗而成玉。

——題引

一圈人，次第圍坐著，其中三個最顯眼：趙志強，五十多歲的校長，那頭濃密的黑髮、黧黑的臉，讓他顯得健康、年輕。他的身邊，坐著的是學院女書記，年齡偏長幾歲，應該快六十了吧，不老，孔雀綠色的絲衫，配以精心修剪過的髮型，再加幾分書卷氣，讓她一下子區別於這個年紀的大多數婦女。她們的目光都在對面的劉雲身上徘徊，她們覺得她像一個人。

劉雲是菜道的位置，和趙校長、錢書記對角，她也在留心看她們，尤其是錢書記，她有點喜歡眼前這個女書記，不僅因為她的穿著，還因為她的談吐。劉雲喜歡一切跟美有關的事物，包括人。在她以往的印象裡，一些女幹部只會當官兒，滿肚子心眼兒，兩隻眼睛賊溜溜，和男人搶位置，一股子殺氣。她們固然很強，但她們絕對不美，多好看的眼睛，職場歷練久了，像兩枚釘子。這樣想著，她又端看了女書記一眼，女領導的聲調不高不低，閉幕詞說得像在跟一幫朋友話家常——「貼切！不愧是學院派的，有文化！這兩把刷子，二姐劉嵐就不具備，別看她每天滴水不漏的。」劉雲想。

「哎，小劉，那什麼，你，你認不認識一個人，叫李濤的，煤炭廳，你跟她長得太像了！」——趙校長一抬下巴，對她說。

劉雲想：「這樣的問題又來了。」

錢書記接過話，她說：「我也覺得是呢，她們怎麼那麼像。」

劉雲看著她們，沒有馬上回答。這兩年，她總是遇到類似的問題，特別是她當上市政協委員之後。她原來是市歌舞團的，唱過江姐（江竹筠），角色沒紅。後來歌舞團和文化局合併，她成了編導，導過幾臺大型主旋律，成了有些名頭的人。這是個為期一週的培訓會，各黨派、各頭目，培訓結束簡單聚餐。劉雲的旁邊，坐著的是群藝館的小王，剛才她介紹到劉雲是當年舞臺上那個江姐時，大家對她肅然起敬。同時，又疑惑：「都這麼老了嗎？這麼難看了嗎？」劉雲的家鄉在鹽鹼地，她有著一口高粱米色的牙，吃開口飯，修抹整治了幾十年，臉都掰歪了。她看著對面的趙校長、錢書記，說：「李濤，是男的嗎，我長得像男人？」

她在自嘲，也是打馬虎眼。

大家都笑了。雖然她老了，但男人，還是不像的。她有一頭長髮，還有童年練功積下的柔軟腰肢，及現在愛運動，胳膊腿都形成了很好的豎線條肌肉。她不男性，不像男人婆，畢竟唱過戲的，臉再歪，也還有幾分嫵媚。

「她們就是鼻子以下，有點不像。眼睛，簡直就是一個模子刻的。」錢書記笑盈盈地說，又補充道：「若說有一點區別，是李書記的臉，比她圓一點。」

劉雲眨了很多下眼睛，她的眉頭像思考，眼睛卻是呆滯的。她斬釘截鐵地說：「不，不認識，不認識這個領導。錢書記，您是東北人嗎？」

錢書記的口音，及那個「簡直」，讓劉雲覺得她的地域應該是東北。

「不，我家是秦皇島的。秦皇島北，也和東北接壤了。我們那兒東北人多。」

「關內關外，差別不大。」旁邊的趙校長說。

「錢書記長得白，皮膚像東北人。東北那邊別看風沙大，姑娘們卻皮膚特別好，天生麗質。」——劉雲的話聽著像恭維，事實上，也多如此。東北三省，雖然氣候粗礪，但因水土好，女人們的皮膚，多是水靈、白皙的。這讓她們顯得年輕。

「我看你也像東北人。」趙校長說。

「不，我是安平的，沒看我牙，鹽鹼牙。」——劉雲倒磊落大方，她誠實地歪著頭，指著自己修過的牙。牙齒表面看似光滑，但是是不正常的白，遮蔽了裡面鹽鹼地般坑窪的黃。她們那方水土，不論男女老少，像是被上帝打了記號，牙齒全是一樣的，都坑坑窪窪，都黃暗破損。劉雲進城後，一直與小店的拙劣牙醫打交道，為了省錢，她的牙槽骨都被掰歪了，微微變形；她說話總是使勁地抿著嘴，說一句趕緊閉上。現在，她還是這樣，答完無辜地看著對方，心中卻暗忖：「這男人哪裡像五十多歲，那麼密實的頭髮，那麼結實的牙齒和嘴巴，臉皮兒也不鬆，這種款，肯定非常對劉嵐的胃口。說不定，他們已經是情人。」這樣想著，她又仔細地看了看對面，對面也在看她，她趕緊避開了。

「李書記家好像是南方的？上次打球聽她說好像是四川那邊。」錢書記又接著剛才的話題。

「四川？哼，我看她也像東北的。」趙校長說話嘴角不動，眉毛也沒什麼變化，聲音，像是從喉道裡，直接倒出來的，平穩、老道，還有一點霸氣。他說著，拿過手機，點開圖片，一指一指地滑著，說：「小劉，你過來看看，看看，看你們像不像。這是前幾天，省直乒乓大賽時大夥兒亂拍的。」

「呀，我們劉姐也愛打乒乓球。」旁邊的小王說。

大家圍過來，紛紛地說著：「像，像。」照片上打球的女人，頭上紮著汗帶，海藍色的；腕上戴的護腕，也是海藍；腳上的鞋子，配著那雙美腿，美不勝收。劉雲知道她們花架子，好看，但拿不到名次，屬花拳繡腿。她哪像什麼李書記，分明是一個有活力且漂亮的小姑娘——馬尾巴紮得高高的，自從她知道打乒乓能保護視力，鍛鍊腦力，還美身材，就不遺餘力了……。劉雲的眼睛和表情都是認真的，她說：「哦，唉，我哪有人家漂亮，不能比，不像。」

小王盯著劉雲，說：「劉姐，你們確實很像哎，要是演戲，替身都不用化妝！」

劉雲抿著嘴角，表情呆呆的。

趙校長說：「這樣，你們不是不認識嘛，哪天，我約你們一塊來打球，見見。讓你們見了面，就知道像不像了。」

「對，對！」旁邊的人熱烈回應。

聊到後來，飯也吃得差不多了，大家留微信，建立聯繫。趙校長脾氣好，很多人要加，他都一一伸過去手機，讓掃碼。最後看劉雲沒動，以為她自尊，趙校長主動把手機舉過來，要掃一下小劉。小劉也只好乖乖地讓掃了。

回到房間，小王收拾一下就直奔自己的家了，有孩子有丈夫的女人，倦鳥歸林。劉雲孤單慣了，她安靜地收拾著，一件拉桿箱，一個小背包。拉桿箱是寶藍色的，那是純正的歐洲貨，又輕又結實，小孩子坐在上面，都不變形，還能當推車用。隨身的背包，也是寶藍色的。這兩件東西都是二姐劉嵐所賜，劉嵐家的東西吃不盡、用不完，劉嵐有許多好東西，她不給大姐，不給四妹，單給劉雲，因為她覺得劉雲和她是一個階級的。大姐和四妹，劉嵐在外面都不承認她們是自己的家人。連出生地，她也不說真實的。劉雲看看手機上的時間，還早，這會兒走，堵車。她仰靠下來，打算歇一會兒，再回家。這時，手機響，是大姐劉英。

「叮哩噹啷」，微信上一下子進來二十多條信息（訊息）。有語音，有視頻（影音），還有圖片。語音有三秒的，有一分鐘的，還有一秒一秒什麼聲音也聽不見的。內容五花八門，有的跟劉雲有關，有的無關。更多的，是她自說自話，早晨幾點起來，上午又幹什麼去了，白天睡到幾點，現在還沒吃飯等……。劉英只比劉雲大兩歲。二姐劉嵐，比她早了七秒，她和劉嵐雙胞胎。劉嵐來微信，上面簡潔得形同報紙摘要，沒有一句是不相關的。劉雲看著一長串信息（訊息），她沒有點聽語音，她要等一會兒，如果現在馬上聽，對方是有顯示的。如果不回，她不忍。視頻（視訊）通話，她也沒接，這樣至少可以表明，她現在有事，接視頻（視訊）不方便。不怪二姐劉嵐說，劉英的電話就沒法接，沒法搭理。搭理她，就像搭理一個精神病。一天到晚，全是廢話！

確實，劉英自從下崗，她好像就得話癆了，逮著人就嘮，靠說廢話活著。而二姐劉嵐，從不多說一個字，連笑容，都不會亂湧、多漾。尤其是這幾年，當了官兒，那步態，都有變化，既區別於男人的四平八穩，又不是普通婦女的扭來扭去，而是，有板有眼，有模有樣。

劉雲兄妹七人，她們來自最窮的安平，那片鹽鹼地。這地方的人，像被上天獎賞，個個的門齒上都印有一排高粱米色的凹印兒。嚴重者，大姐和四妹、大哥、二弟、三弟，他們被整整劃了兩排，像一對對等號。如今，大哥還在農村，二弟、三弟進城，下崗。劉英、劉紅更沒什麼出息，國企的棉紡女工，下崗就下崗了，無業就無業了。無業的日子，劉英基本以麻將為生，黑白不分，晝夜不刷牙，那鹽鹼糟朽過的牙，就更不能看了。年紀輕輕，就老得像個老太太。劉嵐怎麼會承認這樣的人是自己的親姐姐、親妹妹呢？況且，她們當年還有奪夫之仇。

那時，劉英還很美，她除了牙齒顏色不好，哪兒都勻稱。瓊瑤鼻，櫻桃嘴，肉滾滾的脊背，四肢修長小巧。她在省城最大的棉紡廠上班、住宿。劉嵐呢，也住宿。兩姐妹感情很好。後來，劉嵐搞了個軍人對象，先結婚了。姐姐到妹妹家，週末吃點好的，常情。那時母親還活著。有一天，劉嵐突然撲回家，撲進門，撲上炕，打著挺地嚎開了，她說：「不是人，都不是人啊，豬狗啊，豬狗不如！」她罵了半天，母親斷續聽明白了，她懷疑自己丈夫，和大姨姐，關係曖昧。

母親勸慰她：「有證據嗎？如果沒有，哪有往自己頭上扣屎盆子的？再說了，那還是自己的姐姐。」

這樣的勸慰更激起了劉嵐的怒火，她認為母親偏向，偏著大女兒劉英。她像來時一樣，忽地坐起，撲楞出了門，再一猛，坐上回省城的車了。

從此，再不理娘家人。

母親去世，她都沒有回。

母親說：「這嵐嵐，和雲兒只差了幾秒鐘，可她的心腸，怎麼那麼硬啊！」

劉嵐的心腸硬，這在她的職場上有所表現。她和劉雲都是被市裡的戲校挑走的，劉雲是讓唱戲就唱戲，讓跳舞就跳舞，讓改歌劇就改歌劇，讓合併就隨波逐流。而她呢，從一個戲校小龍套，轉行政，改機關，念電大，入黨校，輾轉騰挪，四十多歲，已是副廳級的女幹部了。父親去世前，來省城住過幾個月，劉英、劉雲輪著看護。生命垂危、搶救住院的日子裡，劉嵐來了，看看父親，又走了。對外，她一直聲稱父親是她的「親戚」。

看劉雲沒有回音，劉英的微信又進來十多條，有說毛衣織尺寸的，問劉雲須不須加針。有說她自己，今晚吃的什麼，什麼瓜，怎麼做，如何好吃。還說了早晨的公園，大家的走步，多少人腿和胯骨都走瘸了，還是走，一天不走都不行，大家排著隊，抱著團，每晚「哐哐」地走，不走也沒啥幹的……。劉雲聽了心裡悲哀極了，她看著漸暗的天空：沒啥幹的？這芸芸眾生裡，有多少人活著像行屍啊。他們沒有靈魂，沒有痛苦，活著，就是稀里糊塗，大好的時光，要像負擔一樣一天一天打發掉。時間成了負擔。大姐劉英，就是閒出毛病來的，她不但閒出了話癆，還閒得像個花癡。有好幾次，她和路邊的老頭兒，親人一樣一嘮能嘮上半天。當年和妹妹劉嵐有了那場風波，然後迅速結婚，迅速嫁人。有了丈夫，有了孩子，和公婆一起生活，她的日子又迅速像一輛老舊的汽車，一路上坡下坡，再一腳，開掛到谷底了。

找找麻友，織織毛衣，是她的日常。上次見面，還是冬天，劉雲喜歡一件淺灰色的毛衣，劉英答應幫她織。春天開始織，夏天來了，秋天過去了，冬天又到。現在，又是一個春天了。她在微信裡說，毛衣的下身，織到多長了，讓劉雲有時間，去她家裡試試。如果夠長，她就該鎖針了。

這類話，劉雲都不太當真。大姐沒譜兒，她織毛衣也像她的日子一樣，織哪兒算哪兒。當初的尺寸，都是量好的，現在，不是她丟了，就是她忘了，不然，怎麼又來重新問這麼簡單的問題？劉雲只在微信上留了一句簡短的話，就出房間了。她開著車，悶悶地想，自己越來越像二姐了，心腸也冷硬起來。不怪二姐認為和她是一個階級的。現在，每天上班，看著單位的那些人，自己活得越來越像機器，沒血肉，冷心腸，連囉嗦話，都懶得說了。

第二天早晨，劉雲的眼睛睜不開。昨夜睡得太晚了，跟大姐、四妹、二弟、三弟，還有大哥，像開電視會議一樣，嗆嗆嗆，嗆嗆了很久，商討給父母遷墳的問題。開會有領導，與會者都安靜。而他們家，大哥、大姐活得都不好，沒有權威性，不具備一鳥入林百鳥壓音的效果，大家更嗆嗆了。嗆嗆的主題，主要是錢。如果遷到好一點的地方，需要花一大筆錢，這個錢要每家來攤的。大姐劉英家最困難，她不同意這個方案。嗆嗆到後來，大家一致得出：應該有錢出錢，有力出力。爸爸當初病重，劉英沒少出力。現在呢，她該攤的錢，應該轉到劉嵐頭上，因為，「劉嵐動個小指頭，都比別人的腰粗」。

「對，該讓她多出點，誰讓她當那麼大的官兒呢。」大家意見一致。

「可是，別說讓她出錢，現在，大家開會，商量事兒，她連頭兒都不露，再讓她割肉，夠嗆！」二弟擔心。

「咱們家數她最狼心狗肺了！」三弟也怒斥。他說她根本就不像他們的姐姐，當初，他的好幾個同學也是鄉下來的，可人家靠著家裡的關係拉幫，現在不是處長就是副處長，都過上好日子了。可是她呢，什麼都不幫他們，還老嫌他們丟人，不願意承認是她的弟弟呢。

「嗯，過上好日子就忘本。哪像一個媽生的？」劉英也添油加醋。

大家憤怒了半天，可又能怎麼著呢？大哥劉鐵勸大家消消氣兒，說：「咱們這一輩兒，還有兄弟姐妹，要珍惜。」「到了他們——」他一指自己的兒子，說，「他們個個單蹦兒，這輩子都不知道兄弟姐妹是什麼滋味。堂兄堂弟、姑表姨表的，咱是託咱媽的福，她不生這麼多，咱們的孩子連姑表姨表是什麼都不知道。所以，咱們還是別計較了，再怎麼著，她也是咱妹妹，有血緣呢。」

「明天就通知她，讓她拿錢。不出力還不多出點錢，便宜死她了！」二弟說。

「她有面兒，要是能跟墓地那邊說說，說不定咱們都能省點兒。」三弟說。

「關鍵是誰通知她啊？沒看她連電話都不接嗎？剛才撥了半天，她都給掛了。」劉英說。

「小雲，老二平時跟你不遠，她不嫌棄你，明天，你去找她吧？」大哥說。

大哥那雙沒見過世面的老眼，像牛。

劉雲點點頭，說：「行，明天也正好有事要找她。」

眼睛睜不開，劉雲很有技巧地揉了揉，力使自己精神一點。同屋的蘭蘭和麗麗，一個比一個精神頭兒足，她們一個去了書記的辦公室，一個去了局長辦。她們這種單位，如果你安靜著呢，就顯得沒幹什麼工作。而風風火火的，這屋出那屋進，嘴勤腿勤，工作胡幹都沒關係，水平不高也不是毛病。人都是感情動物吧，多數人喜歡這樣。像劉雲這種寡淡的，願意一人悶頭做事，大家認為她是沒丈夫、沒孩子導致的。劉雲十來歲進戲校，沒有學過多少文化課，自從做上了編導，讀了些書，眼界打開了，她突然發現，紅塵之外那個叫「精神」的世界，更迷人。她沉迷精神世界，喜歡一切跟藝術有關的東西，比如蘭蘭和麗麗的歌喉，像嗓子裡鑲了金邊兒，唱起來能掀翻房蓋兒，劉雲是後來才知道那叫「響遏雲霄」的。蘭蘭和麗麗現在都不唱歌兒了，她們覺得唱歌太耽誤事兒——蘭蘭的理想是當個辦公室主任、人事科長什麼的；麗麗呢，也是辦公室主任，或者團長什麼的。劉雲發現她倆的心願都不太好實現，她眼睜睜地看著她們滄桑、拚博。弄個科長都這麼難，二姐劉嵐已是廳級幹部了，她也沒多少文化，那得翻多少崇山峻嶺、長江大河啊。二姐有一次憤怒地對劉雲說：「咱們家人，都覺得我吃好穿好、住好玩好，可那是天上掉下來的嗎?!她們覺得好，自己怎麼不去爭取?!」

也對。

「每個人都不容易啊。」劉雲這樣想著，她把電腦開到一個正在工作的頁面，出門辦點事兒，一會兒就回來的意思。劉雲去找劉嵐了。

劉嵐單位的門衛認識她，沒用登記，就讓她進去了。上得樓來，會議室裡像是在開會，裡面傳出的是劉嵐的聲音。姐姐的聲音她太熟悉了，母親喜歡唱戲，母親的嗓音現在都挪到了劉嵐這裡，有一點磁性，有一點沙啞，獨特，動人。她像是在給大家強調紀律，三個務必、五個不許什麼的。劉雲這些都熟悉，她們單位也這樣。只是這些正經的話、紙面上的話，現在，從劉嵐那樣的嗓音裡出來，她有一點新奇，有一點異樣。站在走廊略一停留，想多聽一會兒，又覺不妥，遂逕自來到劉嵐的辦公室，門沒鎖，她坐進沙發，歇著等。

會議不長，也許是劉嵐看到了劉雲的微信，提前結束了會議。她皮鞋的橐橐聲，劉雲都猜得出那是姐姐。進屋，見到妹妹，劉嵐臉上的笑容很節約，像對待下屬同事，既不胡亂綻放，也不冷若冰霜，而是，恰到好處。右邊的嘴角，微微翹，比左邊高一點兒，那是她招牌的笑，有一點尊貴，一點冷傲，還有一點兒，適量的矜持。右手持著手機，剛放下，祕書小姑娘跟進來，舉著她的水杯。劉嵐依然用那樣的嘴角，向小姑娘點點頭。精緻的水晶玻璃杯裡，是一根根站著的芽尖綠茶，很好看，很不一般。這份品質，就是劉嵐目下的生活。

劉雲叫了一聲「二姐」，劉嵐點點頭。那隻彎翹的嘴角，耷拉下來。她提醒過劉雲，別「二姐，二姐」地叫，如果她是二姐，那大姐在哪裡？她們家還有多少人？劉嵐教育過劉雲：「別那麼沒心沒肺，別像咱大姐劉英，這個世界不值得你掏心掏肺，收著點，摟著點，不然，你會很慘。敞開心扉，只能讓你的敵人，向你開火打得更狠更準。」劉嵐是這樣說的，也是這樣做的。從前劉雲不同意她的這套理論，和平年代，哪有那麼多敵人呢？現在，她理解了。蘭蘭和麗麗曾經是一對好姐妹，知己知彼，可後來開起火來，果然都打到了對方的七寸。「不叫二姐，我叫你什麼呢？」劉雲看著劉嵐滴溜轉向門口的眼睛，心裡想，她是不是，只說她是她的一個同鄉呢？

劉嵐沒有坐到和劉雲並排的沙發上，而是一屁股，坐進了自己舒適的老闆椅，這樣的談話格局，劉雲也知道姐姐把她當成什麼了。本來，她今天來，想跟劉嵐聊聊昨天的培訓，聊聊又有人認出了她。同時，她還肩負著代表大家與二姐聯絡的重任、使命，勸她出點錢，再出點力。她揣測，二姐出力沒問題，打個電話，行方便的部門很多。而出錢，二姐一般的時候都不願意，別看她那麼有錢。

二姐沒有問她來幹什麼，而是用略抬的下巴，看著她。用這樣的下巴看人，即使再囉嗦，即使像大姐劉英，話嘮者，也不會有囉嗦的興致了。

劉雲的心裡有點悲哀，同是姐姐，一母所生，可她們的差異怎麼這麼大呢？劉英雖然微信會留得亂七八糟，可是她對你真心真意啊，骨肉情深。而二姐劉嵐，只比她早到了這個世界七秒，七秒鐘，就修煉成精了。劉雲像了母親，愛藝術。劉嵐則遺傳了父親，剛硬。你看她，一隻彎翹的嘴角、一副不鹹不淡的笑容、一腔高熔點熔不熱的心腸，就這三樣兒，世道在她面前，修橋補路，且沒轍。你看她，即使是面對自己的親妹妹，也依然公事公辦，一絲不亂。劉雲倒吸了一口熱氣，她打算，還是先說一下家裡吧，大家集資給父母遷墳一事。另外那件，純屬閒話，從前已經發生過多次了。她不再叫二姐，而是耷拉下眼皮兒，沒頭沒尾地說：「咱們，遷墳，每家，都拿點，買墓地，刻碑。」

「誰的主意？」劉嵐收起下巴，眼睛立了起來。她說：「跑不了她，最能出餿主意。」

這一定是指大姐劉英。

「就顯她孝心，好像她多想咱爹娘似的！」——劉嵐多訓練有素，多鐵石心腸，一生氣，也回到了普通人的狀態，那眉頭，那臉色，就是一家庭婦女。她意識到了這一點，趕緊喝水，息怒，壓驚。鎮定一下，又恢復如初了。

忽然，門被推開，一個胖胖的老婦人，進來就跪倒，「哐哐哐」，在地上磕起了頭，嘴裡說著：「書記菩薩啊，菩薩書記啊，行行好，行行好吧菩薩書記，行行好，那事兒不怨我兒子，他們抓他進去頂包冤呢！……」

衝進來的保安，身手敏捷，他抱歉地叫了聲「李書記」，兩臂一較力，拉起老婦人，想把她拖出去。可老太太身手也不孬，四肢並用，像長在了他身上，擄不開。嘴裡發出的聲音瘆得慌。劉嵐凜然地向外走，走廊裡已站滿了人，安全事故，上訪，是常有的事兒。辦公室主任和剛才拿水杯的小姑娘，她們一左一右，護持著劉嵐。劉嵐走過，像開過一輛救護車，兩旁的人紛紛避讓。這就是權威的氣勢。

劉雲剩在了辦公室，她在姐姐的辦公桌檯曆下，看到一張紙條，上寫「嵐易散，濤久遠」，還有一些符號，像是八卦圖上的那些橫道道兒。

一連幾天，劉雲給劉嵐發微信，她都沒回。到了週末，劉雲想不能再拖了，如果趙校長真約她去，她們見了面，她該怎麼辦呢？眼睜睜地裝不認識嗎？那樣，她做不到，別看她是唱歌劇的，演假戲，她行。生活裡真裝，她害怕。

現在，她終於明白了，二姐為什麼叫李濤，而不叫劉嵐了。李是改成了母親的姓，「嵐」呢，易散，不吉利，而大氣磅礴的「濤」，多氣派，多有根脈。況且，從字面上看，多少人都以為她是個男領導，其實還是個女嬌娥。

此時，劉雲用關心的口吻，問劉嵐：「那個老太太，那天沒嚇著你吧？」

劉嵐跟她抱怨過，說家裡人只覺得她當官兒，日子好過。豈不知她每天有多難。見妹妹關心她，微信很快就回了。她說：「那個老太太，那天純是哭錯了墳頭兒。她兒子是下面礦上的，出了事，卻不想負責。光想掙錢不願意擔事兒。人進去了，以為是我們管，我們說了算。一個能源廳！她真是老糊塗了。」

「這一天天的。」劉嵐嘆息。

「嗯，你是挺不容易的。」

這樣的理解，劉嵐願意聽，心理也有了愉快。她最恨劉英她們，總想打她的土豪。而劉雲，這個胞妹，畢竟是體制內，懂，她不光看賊吃肉，她知道賊挨打。跟她說話，就能對上頻道。劉雲感受到了這一點，她決定，把趙校長的問題，往後挪一挪，趁二姐現在心情好，先跟她說說祖墳的事。她吸了一口氣，小心地，柔和地，舊話重提。

劉嵐那邊，倒也乾脆，她說：「以後這類事，不要找我，不用跟我說。誰動議，誰就負責。不能她出個餿主意，就把別人支得團團轉。」

「父母遷墳的事，怎麼能是餿主意呢？」劉雲也生氣了。

二姐很少看到劉雲這樣的臉。雖然差了七秒鐘，她一直是她的小跟班兒，她的擁躉，她的手下、臣民。現在，視頻（螢幕）上，她冷然的臉，讓劉嵐很吃驚。

劉雲索性一不做二不休，她說：「二姐，我還要跟你說，你撒的謊，維持不了多長時間了，有那麼多人，都問我，說長得怎麼那麼像你。他們都猜到了我們就是親姐妹！」

劉雲這樣說話的口氣，讓劉嵐愣了，她平生最恨的，就是說她撒謊的人。那是她的七寸。愣怔之下，像是洗耳恭聽。

「上週我們培訓，趙校長、錢書記，都說我像你，問我認不認識你。還說，要約我們一塊兒打球，讓我們見一見。」

「你怎麼說？」劉嵐抱有僥倖。

「我能說什麼？我能怎麼說?!還得像從前一樣跟你一塊撒謊唄！」劉雲把「撒謊」兩個字，說得咬牙切齒。並且由冷然，轉為憤怒，為這些年來的屈辱，為自己的親姐姐，就因為一家子人沒出息，她就讓她們跟這個世道躲貓貓。劉嵐多次說過，她是認她這個妹妹的，畢竟，劉雲的工作還不錯，不丟人。可她又沒法公開承認她，因為，她是拖著那一大家子人啊。認了她，沒法交待那一大家子都是誰，索性，對她也是含糊的。劉嵐還勸過她，讓她只說有她這一個姐姐，別提那一大家子。可這，劉雲做不到，她的心不答應。她們就這麼含含糊糊地在這個城市裡，含糊了若干年。這份含糊變成了此時的怨恨、惡毒，劉雲知道劉嵐怕什麼，她就揀什麼來說。她說：「這不，我今天找你，也是趕快通知你，讓你早有個準備。趙校長約我們見面呢，一塊打打球。到時候，我看你怎麼圓。告訴你啊，我可配合不了。你怎麼撒謊，能不能露餡兒，我都不管！」——劉嵐的臉定格在了視頻上，她生氣地掐斷了。

「數典忘祖啊。」劉雲對著黑屏的手機，說出這句話。說完，她自己都吃驚，要知道，幾天前，她還不明白這個詞兒是什麼意思，是上週的培訓，老師講課，她用了度娘，才覺得這個詞兒給力。沒想到這麼快就用上了，好！

秋天時，單位通知劉雲去參加一個培訓，蘭蘭和麗麗，又到了競爭的賽點，她們倆都不願動。劉雲成了參加各種培訓班的替身。還是那個學院，大概地還是那些人，劉雲還想，這半年都過去了，趙校長一直沒有約過她打球，如果見了面，他該說什麼呢？

報到的當晚，又和群藝館的小王一個房間。小王是學鋼琴的，風風火火，這樣風火的女子，彈起鋼琴是不是像打鐵呢？風風火火，熱熱鬧鬧，是當下所有行當的狀態，找資金，上項目，弄錢花，鬧哄哄你追我趕……。「沒有內在的平靜，也沒有外在的安寧。」——雪萊的這詩句，很熨貼劉雲的心靈。

小王領完材料，就回家了。第二天早晨又風風火火趕來，會議已經開始，寬敞舒適的大會議室，擠滿了人。小王找到自己的座位，挨著劉雲，她累得直喘。

臺上，是趙校長、錢書記等各方領導。小王悄悄問劉姐，她用腦袋向臺上一歪，意思：「那個姓趙的，他找你打過球嗎？」

還是年輕啊，好奇心重。劉雲差點笑了。

「沒有，沒打過。」

「咋沒打呢？這不都過去這麼長時間了嗎？」

「一直沒時間，沒空兒。」

「劉姐，你架子也太大了，打個球還沒時間，你自己沒打呀？」

「打了，可和他們時間對不上。」

小王遺憾地「喊」了一下，說：「劉姐你真是的。」

劉雲沒再接茬兒，專心致志地望著臺上，像是臺上人講的話很耐聽。

她的目光幾次和臺上的人相遇，趙校長始終目視前方，什麼表情都沒有。錢書記呢，還是那件孔雀綠的絲衫，頭形依然整齊，只是那臉、那眉目、那眼光，也越來越像釘子了。劉雲看他們，他們不看劉雲，像是從來就不認識。

「劉嵐不定怎麼對趙校長撒的謊，看來很成功。」劉雲想。

她低下頭，點開了手機，有一點惡作劇的衝動。她翻出一張照片，那還是四姐妹的黑白合影，小時候，母親帶她們到縣城照的。一對對黑白分明的眼睛，就像那時澄明的世界。小王湊過腦袋，吃驚得聾啞人一樣張大了嘴巴。劉雲沒管她，繼續滑弄手機，她在找通訊錄。

她想把這張照片，發給趙校長，讓他看看，哪一個是和他打過球的李書記。

可是，她滑弄了半天，通訊錄裡根本就沒有了趙校長。

她慢慢坐正了身體，眼睛望著牆……

——二〇一九年冬，寫於石門
——二〇二四年春，再校

你能讓貓吃辣椒嗎

1

趙建國看見一輛馬車，車夫懷裡，抱著鞭子。車夫的相貌極其醜陋，瘦長的五官，擠到一起，像一根乾柴棒。車上拉的，也是一堆乾柴，橫七豎八，其中幾根像人腿一樣舉向了天空。馬車夫狗皮帽子、黃帆布大皮襖，兩手抄著袖籠，衝趙建國的窗子高聲喊：「再上一個，再上一個！還能上一個，還能上一個啊！」

冰天雪地，拉柴的馬車衝我吆喝什麼呢？趙建國納悶兒，走至窗前想仔細瞧，這一瞧不打緊，嚇得他激淩一下子，如墜地獄：那馬車，分明是一掛靈車啊，車上拉的，全是死屍。凍硬的屍體，有的腳上還穿著鞋子，支棱八翹的。馬車夫五官上看不見眼睛，他就是抱著那根鞭子，對趙建國喊：「再上一個，再上一個！」

趙建國嚇得大汗淋漓，他醒了。

空調開得太冷，他是被凍醒的。上好的空調被，被他踢到了地上。「這一段是鬼纏身了。」趙建國想。坐起來，目無表情，僵屍一樣把腳插進拖鞋裡，打算去衛生間（洗手間）。聽他喊叫，安麗走了進來，白了他一眼，知道他又做噩夢了。不屑地說：「一個大老爺們兒，天天一驚一乍的，有什麼虧心事啊。」說著，撿起那條絲被，直奔陽臺的洗衣機。

「掉一下地上也得洗？我看你是真有毛病了。」趙建國說。

「誰有毛病誰知道。」安麗說。

她們已經是三十年的夫妻。頭十年，小夫小妻，圍著孩子、老人轉，日子辛苦卻有滋味。後二十年，卻不好過了，是夫妻，無性無愛。不是兄妹，卻也能相互依賴。這樣的夫妻關係，她打問過多家，包括她的妹妹小芹。原來，大家都一樣啊。小芹的丈夫前年去世了，她告訴姐姐：「無愛，也比沒有這個人強。」

「有這個人卻沒有愛，那不是影子、僵屍？」

「影子、僵屍，也比沒有強。」小芹堅持。

安麗不太認同她的觀點，因此，她對趙建國分毫不讓。看趙建國進洗漱間，「噗嚕噗嚕」用手洗臉，而不是用毛巾，這一習慣都說過他一百遍、一千遍、一萬遍了，他也不改。安麗嫌惡地看了他一眼，「噗嚕」得到處都是水，待他出來，安麗一點一點開始擦，擦完的抹布，又去陽臺扔進了洗衣機。「抹布也要洗衣機洗？」趙建國回身用同樣的目光，看安麗。

安麗裝作沒看見。

早晨的夢，讓趙建國心裡像裝進了一塊石頭，他很想找人說一說，卸下這塊石頭；可眼下，自己的老婆，妻子，安麗，顯然不是搬這塊石頭的人。妻妹小芹，也指望不上，她每天跟她姐姐一唱一和的，女人更年期，都一個德性。趙建國決定去客用衛生間（洗手間），抽兩支煙，蹲坐一會兒，消化消化那個爛夢，應該是不錯的選擇。這樣想著，他拿好煙、火機（打火機），進衛生間了。

安麗又舉著一支香，不經敲門拉開就放到了他的腳底下。趙建國非常憤怒，他想大喊一聲：「這是不是我的家？這裡是家還是廟？」但他終究沒喊。就像安麗已經習慣了他，他也習慣了安麗。安麗怎麼做，他都不再叫喊。他怎麼做，安麗也不發怒。他們互不關心，相安無事。安麗已經多年不上班了，抑鬱、潔癖，每天的愛好就是洗洗洗，她恨不得把趙建國整個人都泡到消毒液裡——「我看她就是好日子燒的。天天閒的！」趙建國一腳就把香碾碎了。

出來，洗過手，又抹了點男士大寶（護膚品），穿衣服要出門。趙建國不想吃早飯了，一沒心情，二想減肥。減肥是男女的王道。

小芹從廚房出來，說：「姐夫，飯都做好了，雞蛋羹，粗麵餅，還有昨天他們捎來的大連鮑。不吃，都撂不新鮮了。」

「白瞎了。」小芹看著他。

趙建國略一遲疑，又脫掉了外套。大連鮑是他的老戰友昨天特意給捎來的，這個老戰友不是一般意義上的老戰友，他不能辜負。遂坐到了餐桌前。

白白的襯衣，還是那麼挺闊。長方形國字臉，也依然英俊。小芹是他的小姨子，丈夫去世了，前年住到他們家。現在相當於一個貼心的保姆。小芹把幾個精緻的小碟子端放完，說了聲「姐夫吃吧」，就又去廚房了。

「你們不一起吃？」趙建國拿著筷子問。邊問邊吃起來，風捲殘雲，當過兵，吃飯的速度和質量都沒變。早晨的夢，現在還驚心，外表的挺闊，那是強打精神。東西都進了胃裡，卻不知什麼滋味。突然，已經吃完的他，又夾起一隻鮑，仔細端詳起來：據說，這種東西平時趴在崖壁上，吸附力極強，八級大風都刮不掉。足底的吸盤，賽千斤頂。人類如果想憑藉手力，上去硬摳、硬抓、硬拽，那是拉不動牠絲毫的。對付牠們，得使用另外的辦法。因其險，才昂貴。

小小的鮑魚有這麼強的吸附力，老趙聯想到了小錢，錢大業，這個剛上位的七零後。虎狼之師啊。剛開始，老趙都沒把他放在眼裡，可是，三招兩式，人家就和他交換了場地，客場變主場了。趙建國瞇著眼睛，覷視了很久，對，吸附、攀爬，死死地吸附，牢牢地攀爬，游刃於體制上，如蛆附骨，敲骨吸髓。

沒心思吃早飯了，他像扔垃圾一樣扔掉了那隻鮑，披上衣服就出門了。沒有小錢，他老趙早晨不會做那樣的噩夢。這樣想著，都忘了跟她們姐妹打招呼。安麗和小芹走出來，見一隻鮑魚扔在了桌上，不明其意。安麗沒好氣的對妹妹說：「一天天的，浸頭耷拉腦喪打遊魂的，就像全世界都欠他！」

又說：「頭不抬，眼不睜，不定哪天被車撞死！」

「姐，你可別這樣說，讓老趙知道了，他也該盼你死了。」

「盼我死？敢！我死了給那些養漢老婆倒地方啊？做夢！」——安麗用東北話自問自答。

2

趙建國走到單位的電梯口，上班時間，電梯總是滿負荷，一梯一梯的，有的還吃著煎餅餜子。那股味道，讓趙建國屏住了呼吸。他當過兵，襯衣的乾淨、指甲的乾淨、周圍味道的乾淨，是他的特殊需求。雖然安麗一直罵他埋汰（髒），那是另外的一種含義。

角落裡，他好像看見了兩個熟悉的面孔，小孫、小李，但他們都沒抬頭，像看不見他一樣。趙建國他們在十層，公共文化單位，這幾年做大了，要獨立蓋樓；輝煌的大樓尚未蓋好，暫先將就在這幢商業寫字樓裡。公司多，人員雜，有潔癖的趙建國一般的時候會錯過電梯高峰。這一段，小錢使勁，都是陰勁兒，他不敢再留把柄，規規矩矩地按時間到來。面對著滿滿的一梯人，他猶豫著上還是不上，只聽那個老阿姨說：「上來呀，快上來呀——還能上一個！還能上一個！」

——「這話聽著怎麼這麼耳熟？『還能上一個，還能上一個——』天啊！」趙建國的腦袋突然「嗡」的一聲，他想到了早晨的夢。正在這時，他看到緩緩上行的電梯，轟隆一聲，再轟隆一聲，兩頓兩挫，電梯墜落又卡殼兒了。

趙建國身上的汗，像一場雨，把他兜頭澆透了。

「太嚇人了。這是老天保佑啊，多虧沒有上去。」趙建國感嘆。

事後盤點，一梯十個人，一個大胖孩子，墩醫院去了。一個小瘦杆兒，墩成了兩截兒。餘下的，不同程度扭傷、挫傷。小孫、小李也在其中，他們是趙建國單位的，一個管人事，一個在辦公室。從前，他們見了趙建國，如果電梯滿了，早蹦出來搶著讓趙建國上了，讓書記先走。他是他們的書記。現在，他也還是書記，只是，他的勢，已去。在錢大業面前，他已是個搖搖欲墜的書記了。錢大業雖是院長，但比他這個書記勢頭更大、更威。倆小子騎牆看明白後，就從牆頭上下來了，該怎麼站隊，毫不含糊，沒有求榮賣主的忌憚。見了他，基本裝作看不見，剛才電梯裡，使的就是這招兒。誰想到，還不意地把他救了。「好，壞人有報應，他們現在一個墩歪了脖子，一個墩傷了腳踝。天意。」趙建國心說。

然後，趙建國爬上十層，坐進自己的辦公室，大腿、小腿都在打哆嗦。但他竭力鎮定。「和當年的越野奔襲相比，這點臺階算什麼呢？」趙建國勸慰著自己。只是，「再上一個，再上一個！」——這催命符般的咒語，到底要幹什麼呢？平時，他沒大注意那個看電梯的女人，現在，他腦子裡一回想，乾巴巴的瘦臉，細長的五官，螞蚱風格的長相——可不是像夢裡的那張乾柴臉嘛。

趙建國老半天老半天，都呆坐在椅子上。

3

往時，來到辦公室，桌上的熱水，已經燒好了。茶葉，也會沖洗得剛剛好。他進屋，就直接泡熱茶了。這都是辦公室主任小孫的功課。桌椅、書架，更不消說，也都擦得鋥亮。現在，他剛出門了一星期，這裡，已經墳墓般荒涼。「不，不要比為墳墓，不吉。應該是，應該是——倉庫吧，對，像倉庫，到處都是灰。」他稍微側頭，桌面是一層淺淺的灰，窗子一星期都沒人幫著關。這樣想來，自己的屁股底下，剛才一屁股坐上的椅子上，褲子是代替抹布了。他平時嫌安麗潔癖、神經，現在，他突然對自己的粗糙、疏漏，很厭惡。使了使勁兒站起來，拎上水壺、抹布，去走廊打水。自力更生，沒什麼大不了的。

就看到了走廊兩側的奇觀：小錢的辦公室門口，南北兩側，貼牆候著兩排人，楊小萌也在其中。她們有的拿著個小本子，有的拿著一沓A4紙，另一手是筆。不用說，既彙報，又記錄——錢大業他個小毛孩子，七零後，才當官兒幾天呀，譜兒擺得這麼足，這一套玩得這麼熟。原來單位的人多散漫啊，這些人都是戲子出身，散漫慣了，開個會，半小時、一小時都到不齊。現在，才仨月，就都給整老實了，服服貼貼的，叛變的叛變，變節的變節，每天排著隊進他辦公室表忠心。饒是這樣，那小錢依然板著一副黑臉。轉世的活閻王啊。

楊小萌看見他了，像早晨電梯裡的小孫、小李一樣，微微偏過頭，裝作看不見。趙建國心裡冷笑，笑安麗總是瞎罵，罵人家楊小萌養漢老婆，其實，更應該罵她薄情寡義的小娼婦，才恰當、妥帖。養漢、養漢老婆，那是安麗她們這代人。楊小萌們，怎麼會幹這事兒呢？他老趙才失勢幾天呢，這小娼婦就見風使舵，轉得這麼快。老趙拎著水壺，穿過長長的走廊，走廊的兩排，挺立著的、偏著頭的，都很忙的樣子。擱從前，早有人替他接過水壺了，現在，沒有一個人。趙建國默默地打了水，默默地回到自己的辦公室。

如果不簽文件，這一上午，他都沒有任何事情可做。趙建國忙慣了，當了這個單位的十幾年書記，從前，走廊裡站著那些人，是要到他屋裡來辦公的，工資、職稱、人才申報，等等等等，都需他的一枝筆。錢大業來，新官上任，第一把火，先點著了自家的後院——自查自糾——他們單位的三產（第三級產業）、「撈四季」飯店、多年的資金流向、帳目、監管部門……一系列。說不清，又要說得清。幾輪下來，趙建國就不像書記了，像個灰頭土臉的嫌犯。小錢的頭三腳踢得漂亮，以貫徹上級精神的名義，招招致命，全都踢到了他的咽喉、心口，和下襠處。「問責清理」、「自查自糾」——趙建國確實感覺到了一天一天魔鬼的腳步。他剛當書記時，管理這個飯店的是前院長的親戚。他來了，也要用自己的人。一時半會兒又沒有可信任的，就改由自己來信任自己。書記，兼院長，兼飯店總經理。一晃，十幾年下來，黃金地段，又是公家地盤，它不僅是小金庫，它是火力相當猛的軍火庫，不然他們也不會另起爐灶，要蓋樓。現在，小錢來了，七零後，提拔到正處級了，管過人事，混過大機關，下來，到基層，領導文化。錢院長來，先卸掉了他一肩上的院長，不用他書記、院長地雙肩挑了。然後，又卸掉了他一隻胳膊——清理整頓，單位的小金庫。把他的兩隻手都舉了起來，是繳槍不殺嗎？

空坐了一上午，沒有一個人找他。連電話，也是悶聲不響。這樣的日子，有一段時間了。上週，他出門，說是去看望病中的叔叔，其實，他是去見老戰友了。老戰友曾是他的恩人，如父似兄，不，比父親、叔叔還要親。因為遇到事兒，父親、叔叔幫不上什麼忙，都是這個老戰友，每每關鍵時刻來拉幫他。

老戰友早已離休，住在非常幽靜的幹休所。趙建國帶去了好酒、好煙、好茶，兩人慢慢品，細細地喝，聊了半個晚上。老戰友聽了他的困境，問他還記得那個貓吃辣椒的故事嗎？趙建國一愣，怎麼不記得，只是，這麼多年，自己太順了，把它給忘了。

「現在，你就是掉進了自己舔屁股的怪圈啊。」老戰友說。

「可不是。」趙建國心底一酸。

當年，研習這一招數的，據說是毛澤東呢。那次，他們倆也是這樣喝酒，老戰友問他：「有什麼辦法，能讓貓把辣椒吃進去？你知道，貓是不吃辣椒的。辣椒對牠，有如毒藥。」

他猜了若干種：「辣椒裹在香腸裡？」

「那是藥狗的辦法。不算。」

「化成辣椒水，給牠喝下去？」

「不能硬灌。」

「把辣椒和魚放在一起？」

「魚辣了，牠也不吃了。」

「把辣椒整不辣了，再給牠吃？」

「那還能叫辣椒嗎？」

「行了，你也別瞎猜了，我告訴你吧。把辣椒，抹在牠尾巴上，尾巴上有辣椒，牠就自個兒舔啦！」

「噢，這麼說，當年的老美也挺擅用這一招兒。二戰，他們放到日本後院的『小男孩』、第二顆『胖子』，也是把辣椒抹日本人的後屁股上了，他們不得不停下來，顧不上再打別人，都急著跑回去舔。」

——「嗯，對，看來這世界級的手段，小錢那小子也會使，全世界通用！」趙建國恍然大悟一般。

4

午餐時，趙建國和錢大業同席。一張靠角落的桌子，班子裡四個人，今天兩個副的都出差，只剩了他和錢大業。小孫、小李去醫院治脖子和腳踝了，這頓飯沒人侍候。楊小萌有意過來，獻勤兒，可見老趙在坐，遲遲疑疑——新舊兩主，實在不好侍候，也自顧吃去。老趙「撲嚕撲嚕」，而小錢，就優雅許多，抿著嘴，咀嚼儘量把聲音控制在口腔裡。老趙心想：「小錢這個七零後，頭髮也白了，但染得認真，染膏也上乘，別人頭頂上像頂著一塊小黑布，而他，除了鬢角露出一點白，整體，比真髮還真！」在他去取菜時，挺著小肚，邁著短腿，老趙忽然想到了契訶夫筆下的那個「小公務員」，還有「變色龍」。小錢的黑衣、鼓肚、短腿、挺胸，都酷似那個小公務員。哦不，上級面前他是個恭謹又膽小的小公務員，屬下這，單位裡，他的凶悍，又立馬轉成那隻狗面前的變色龍嘛。老趙記得剛開始他來時，對老趙也是一口一個「前輩」的叫，扮豬吃虎，三招兩式，三拳兩腳，就讓他老趙人仰馬翻了。一個「撈四季」帳目，抹得他全身上下都是辣椒，不，何止是辣椒，是屎，比屎還難聞啊！饒是這樣，也得舔！

「大業，」他現在叫他大業了，剛來時，都是「小錢、小錢」的，「大業，我出門這幾天，單位沒什麼事兒吧？」老趙此時謙遜得像小錢的下級。

小錢頭都沒抬，埋頭吃，說：「還是督導清查的事兒，上邊讓這個月底前，把清查報告報上去。再遲，就不管了，就上交了。」

「上交」——意味著紀委，往上交就是上面的機關也不管了，直接交到省裡的紀委去。

「上交」兩個字，像兩粒沙子，硌得老趙的牙，生疼。

小錢的筷子，正夾著一片蘑菇，圓乎乎的，形同鮑魚。這幾年，都知道養生了，這種像鮑魚的菇，是下邊一個縣特意種出的，單獨採摘，特供。年紀尚輕的小錢，也希望長長地活。「好人不長壽，壞人活千年。」——老趙心裡這樣想著，突然一使勁，嘴裡的飯「嘎吧兒」一聲，他鎊掉了自己半塊牙，想吐在手裡看看，在小錢也意識到他嘴裡的異常後，他不動聲色地，抬起頭，嚥了下去。

「小癟羔子，跟大爺鬥，大爺奉陪到底！」

小錢眼裡有笑意，看著老趙：「胳膊折了往袖裡藏，夠種！」

又都埋頭開始吃。小錢的吃相確實比老趙尊貴許多，咀嚼不露牙齒。老趙基本是水泊梁山式的吃法，滿桌子殘骸。而小錢面前，沒留下一塊骨頭。

正在這時，小芹打來電話，老趙拿起，她說：「姐夫不好了，我姐送醫院了！」

5

趙建國並不慌，安麗心臟不好，婚前沒什麼表現，婚後，孩子長到六七歲後，她的心臟就開始頻頻出現情況。老趙回來晚了，它停跳。跟孩子生氣，心口也疼；跟他媽，安麗的婆婆，爭吵，心跳過速也被送進過醫院。好在，次次都是有驚無險。中年時，單位不順心，她天天回來捧著心口，皺眉頭。那時老趙正順風順水，他請安麗單位的頭兒吃飯，建立友誼。幾次之後，又成哥們兒。一個系統的，開會經常碰在一起，不久，那頭兒的一個什麼親戚又來到了趙建國的單位，一還一抱，互送友誼。安麗在單位的日子更加舒服起來。資料室，一個又輕又閒的崗位，多久不上班，都沒有什麼事兒。安麗在四十歲那年，就可以長期不上班了，更年，在家調理，工資照拿。按說，這樣的生活，她應該幸福起來，快樂起來。因為這時候，婆婆已經去世了，兒子，也長大到了外地。誘發她心臟犯病的因素，幾乎一個沒有。恰在這時，她心臟差點氣崩，她發現了老趙的桃花。

知道楊小萌，是她偶然一次去單位，領過節福利。單位的幾個女同事，在嚼舌頭。她們說：「誰誰誰，大字兒不識一筐，連論文都是抄襲的，可那臭不要臉的，硬是讓她又評正高又當什麼三三人才。真夠意思。」

安麗的單位是藝校，很多教師都是演員出身。「老不要臉」的說的是校長。那個大字不識一筐的，是搞行政的一個女幹部。

「你說她那麼醜，沒模樣、沒文化的，可不知使了什麼手段，竟能讓那老不要臉的那麼捨本兒，那麼下力，什麼都不怕不顧了。我看啊，他再這麼胡整下去，都能把她整成校長！」

「咱們這算啥呀，那誰，咱們系統的，某某文化公司那個，聽說，他們的頭兒，更不要臉，都把楊小萌整成省津貼專家了。楊小萌，你們都知道吧？唱個歌兒五音還不全呢，長得也不比咱們這個俊，倆腿撂釵子似的。可是人家，又是專家又是特殊人才的，聽說過兩年，都能整成國務院津貼，終身享受。你說厲害不厲害！」

「老不要臉的都一樣，天下烏鴉一般黑。」

「也不光是不要臉，人家楊小萌，多乖呀，天天老媽子一樣侍候著，聽說她頓頓把飯都打好，涼熱都先嘗，比老婆侍候得都周到，這樣人誰不得意呀。你們眼氣，你們也學著點呀……」

「楊小萌不是趙建國單位的嗎？」安麗一下子警覺起來。那些人意識到說漏了嘴，紛紛躲開了。安麗長期不上班，她們都忽略了。安麗那天東西也顧不上領，一路氣憤地跑回家，邊跑還邊在心裡罵：「我說這兩年，老不要臉的那麼美、那麼浪呢，天天出門，又是擦皮鞋又是抹大寶（護膚品）的。看來，一個騷老爺們兒，有閒心浪起來，那就不是好事兒！」

安麗以她東北人的脾氣，電話喝令趙建國回來。並當場，對趙建國進行審訊。趙建國也以他東北人的脾氣、當過兵的勇猛，給予乾脆的回擊。回擊的意見極其簡潔有力：「願意過，老實點。不願意過，滾犢子！」

——動不動還威脅我，慣的你！

安麗是打算不過的，她受不了這個氣。受男人的氣，毋寧死。

小芹告訴她：「姐，死不是那麼容易的，說說行。真死，沒有幾個人真捨得。你長點心眼兒吧，別鬧了。現在，你是受一個人的氣，自己丈夫的氣。好歹，他還管吃管喝，有大房子住。你若打散了，孤寡起來，到那時，他的氣你是不受了，可是，你要受全天下、全世界的氣！更別說你的單位！」

安麗老實下來了，隱忍下來。但是，她的心並不老實。不老實的結果，就是真病了，心口疼，精神疼，渾身哪哪都疼。只有不停地幹活，不停地洗涮，那份疼才略得一絲緩解。可是，總有停下來的時候，總有閒下的時候，今天早晨，看趙建國那樣魂不守舍的樣，她以為又是為楊小萌。她不知道，趙建國在單位，已經屁股上被抹辣椒了。趙建國的行屍走肉，讓她誤以為是人在趙營。一想這些，心裡的那份恨，像一把小刀子，在身體裡各處遊走。中午時分，洗好的那床空調被從杆兒上滑落了，她彎腰撿起時，想把它塞進洗衣機，再重新洗。就是一貓腰一起身的當兒，「嘎吧兒」一聲——她感覺身體裡的那柄小刀，似戳破了肚腸。

醫院的門口，比菜市場還亂。趙建國已經有些年頭沒經受這樣的場景了。沒有公車，他是打出租（搭計程車）來的。貼邊兒溜縫往前擠，院落、走廊，到處都是人，人擠人，一股臭味、腥味、人肉味。路過大馬力的空調，「嗡嗡」噴出濁氣嗆得人睜不開眼。省級三甲，也是這般豬圈模樣。從前，他對這些視而不見，現在，他突然發現，他自己，也是這艱難豬圈的一員了。

電梯，一梯接一梯，梯梯人滿。老趙終於上到安麗所在的樓層，急救室，安麗閉著眼睛，這回是真的不行了，她的臉色、身體，就如一片薄紙。小芹告訴他，趕快找關係，住院沒床位，醫生都催幾次了。

趙建國站在醫院的走廊，像推銷員一樣打遍了手機上的所有朋友、戰友。快到晚飯時，住院的問題終於解決了。

安麗被推向病房時，要從急救室出來下兩層電梯，再入內科病房。人多，還是一梯梯的滿滿的人。超大的電梯，可以推進床位。一個醫生看著她們，小芹的表情讓她動了善心：「進來，進來吧，擠一擠，還能上一個。」

電梯合上了。

6

「一人成佛，九祖升天」，「修佛永遠在路上」——從醫院回家的路上，趙建國耳邊迴響著安麗說過的這些話。近半年，安麗修佛了，她的佛名叫「真修實幹」，她也想把妹妹，修成佛友、師兄。她們這些女人，不再有性別，男男女女，一律稱「師兄」。她還鼓動過老趙，學佛、修佛，說一人修佛，全家受益。一人成佛，九祖升天。好好學修，也是給兒子積功德，更是給自己修來世。趙建國把她這些話，都看成她的更年期，不跟她一樣的。愛修啥修啥，只要不找老趙麻煩就行。安麗對妹妹說，她丈夫早逝，就是因為他們之間的債，還完了，了了。下一輪回，她們會以什麼形式相見，不好說。不好好修，也許是一頭豬和一個農婦；還許是，一頭豬和一個屠夫……。安麗這樣修主要是想把自己的身體修好，心情修好，把身體裡的那把刀子，修出來。可是，結果，她還是住進了醫院。

趙建國胡思亂想著。

回到家，沖了個涼水澡，換上乾淨衣服，又抽了支煙，緩緩神兒。然後，他開始找安麗的洗漱用品，換洗衣服。他已跟小芹定好，小芹白天，他是夜晚。安麗這回病得不輕，他要好好地，當一回陪患了。

收拾完畢，正當他準備出門時，小芹的哭聲傳來：「姐夫，我姐不行了。」

7

天熱，中原這個地方，七月裡，好人都要發霉。安麗的後事三天就辦完了。老趙染過的白髮，齊刷刷地露出一截白茬兒。

小芹要回老家，老趙告訴她，在這裡再住些日子，他自己，要出趟門兒。

趙建國又去探望老戰友了，不巧，老戰友也生了病，正在醫院。他們的交流，基本靠眉目、手眼，老戰友說話已沒力氣，但還很關心他貓尾巴上的辣椒問題。老戰友焦慮的眼神、渴望的目光，氣力漸盡，卻努力撕扯，讓趙建國不忍再往他身上擔石頭了。他用含糊的、輕鬆的笑，算做了回答。同時，安麗的情況，他也沒有如實告知。老戰友的妻子已經去世多年，現在侍候身邊的，是他的第二任，第二春。就讓風燭殘年的他們，平靜輕省地過幾天安生的日子吧。

「平靜、安生」。對，趙建國忽然發現，這兩個普通得不能再普通的詞，此時，竟是那麼奢侈。一個人如果心裡沒什麼事兒，過平靜安生的日子，那是多麼幸福啊。這樣想著，他從病房出來，漫無目的地上了一輛公交車。有多少年，沒有這樣漫無目的了？每天，都是緊繃繃，像上滿了發條的鐘……。他想起自己年輕時，剛當兵那會兒，星期天，也是這樣坐公交車，從頭坐到尾，再從尾坐回來，五分錢，只為把風景看個夠。他還把這一巧法，告訴了安紅——安麗那時還叫安紅。他們坐在公交車上，談戀愛，看風景。累了，去海邊。有一次，看夕陽的壯美，山川的秀麗，把他們的心都驚呆了，也是第一次感受到大自然的偉岸。安麗的名字，從那天改起。他們還憧憬了未來的日子，人生的好生活……。然後，一把把椅子，一間間辦公室，一級一級的臺階，從一個被管的，到擁有權力，管別人——每天，就是人與人，人之間，人際關係……亂麻一樣，纏繞了這麼多年。一心奮鬥的好日子，既沒陪兒子好好玩過，也沒跟安麗再像戀愛時那樣，好好地說過一次話。三十多年的歲月，回頭望，像一塊百孔千瘡的礁石。

趙建國的心頭，滾過一陣叫「熱浪」的東西，他知道，那是眼淚。

老虎灘上，沒有什麼遊人，不是旺季的緣故吧。趙建國向遠處看，一個穿暗綠水衩的漁人，氧氣罩長長的鼻子，讓他像個水怪，一會兒潛下去，一會兒冒上來，「嘩啦嘩啦」，網內有戰利品——他在捕鮑魚。這種巴在崖上，十五級大風都不能奈何的珍稀物，被他用一種特殊的工具，出其不意，一鏟子，那些死死巴著的，身價昂貴的鮑們，就結束了生的命運。

趙建國再一次想到了錢大業，想到了曾經的那個夢。

夕陽，已經完全落進了海裡，落進海水的太陽，似熱態的液體，又一次拱著海浪，擁著海潮，撲天蓋地，向岸邊砸來。宏偉又壯麗！這份獨屬大自然的雄偉，讓趙建國的心中，湧起一絲惆悵——「惆悵」二字與他，也已久違了。他緩緩地，一步一步，踏著海浪、濤聲，向園外的公交（公車）站牌走去。待近了，才發現已經沒有公交了。北方的城市，天黑得早，收工也早。趙建國向遠處望，一輛私營的小麵包車，像是專為接他而來。那司機瘦長臉，有著螞蚱一樣的相貌，一個勁兒地對他喊：「再上一個，再上一個！還能上一個，還能上一個啊！」

趙建國這一次沒有驚慌，他幾乎是毫不猶豫地，大步，邁了上去。

——二〇一八年初冬，寫於石門

——二〇二四年春，再校

婚姻往事

1

週二的時候，亞光不坐班。她早晨起來，快速地收拾好床鋪，連同自己的頭臉，然後來到臥室的東南角，打電話。

小區信號不好，也有人說是電信在逼大家用移動，「嘶啦嘶啦」的通話聲，總是像傍晚的收音機。亞光拿著手機，對外發射一樣對著窗子找位置，待信號格兒滿了，她才撥，那邊大姐接得倒快，她說：「唔，老三。」

亞光在家行三。

當年父親說「多兒多女多福氣」，一口氣養了她們七個，母親也信奉「雲彩多了才有雨」，積極配合。如今，翻雲覆雨又化了彩虹的，只有二姐亞明，而其他的，都還算乾旱季、霜凍期。亞光今天，就是找旱澇不均的大姐討錢的。討債這活兒，可不好幹。她清了一下嗓子，把聲音儘量放柔和，不像逼債。她說：「大姐啊，我今天打電話，你可別上火。老七他們，拆遷通知不是下來了嗎，讓準備錢呢。我想這錢呢，也不能現要現湊，得提前準備，我就給你打電話了。」

大姐聽得耐心，沒接茬兒。

「大姐，你得還我錢了。」亞光終於翻底牌一樣長出了一口氣。

「要錢呢，老三。那房子的事兒，有準頭兒了嗎？」大姐沒有窘。

「準不準，也得準備了。告示都貼出來了。」亞光心說：三萬塊錢，你都花了三年了，再不還，物價這麼漲，三千都不值了。

大姐沉吟片刻，「唔」了一下，勸亞光：「老三啊，你買房是個大數，大數你都能拿，就別差這幾個小錢了。別惦記了。等大姐有了，指定還。」

亞光沒出聲，心裡不樂：有這樣勸人的嘛，你是債務倒整得跟債權似的。

大姐就繼續勸，說：「你看你大姐，一年到頭是捨不得吃，捨不得喝，兩隻手從早撓到晚，口挪肚攢——」亞光知道她接下來又要哭窮了，會扯起衣角說：「你看你姐這麼大歲數了都沒穿過超過一百塊衣裳，沒——」亞光恨的也正是這一點。

她在那邊打斷她，說：「姐，你要吃了穿了，也就算了，好歹你是我姐，你享受我願意。可是白白花給別人，我不願意。我又不欠他們的。」

「『他們』指誰，姐倆都心知肚明。大姐一下就惱了，批評她兒子，那可比傷她還受不了。她的兒子章棟樑，亞光一直譏諷其譜兒擺得像個闊少爺，而事實上，他爸他媽都下崗。

為了結婚——歐式裝修、奔馳（賓士）車隊、頂級司儀、五星酒店……。送禮金的人也多是下崗群體，五十一百，連餐費都沒補平。更要命的是債還沒還完，他又離婚了。離或結，都由他說了算，而還債，則由他媽負責。亞光認為大姐不像棟樑的媽媽，倒像他的老媽子。

喻她兒子不好，那可戳了大姐的心肝。再過來的話兒，就硬多了，基本是噎著來：「老三，我確實沒錢，如果有錢，我不會攥在手裡，攥也攥不出崽兒。」

能攥出崽兒攥你自己的唄，攥別人的算怎麼回事！——這是亞光在心裡說的。借錢從來都是救急不救窮，哪有拿著別人的錢過自己小日子的？章棟樑名牌加身，還開著吉普，窮人有這樣的嗎？——當然，這也是在心裡說的。亞光想大姐畢竟沒文化，跟她，還是要耐心，以理服人。但心裡有氣，語氣還是加重了。她說：「大姐，我去年買車（五萬塊的小ＱＱ），你說沒有，我就自己想的辦法。前年給家蓓交學費，你沒吭聲，我也沒催你。今年，你還這樣，還是放挺兒，難道親姐妹借了錢，最後也弄得跟楊白勞和黃世仁似的？」

「楊白勞黃世仁？」這個大姐可受不了。以她的文化認知，她覺得這是對她最大的侮辱。嗓門兒一下高得劈裂，也滲著委屈和含冤：「我不是沒有嘛?!手裡沒有，你還逼我去借？」

亞光一字一頓，她說：「你不用借，你應該跟你兒子要。」

「我借的，憑什麼跟他要?!」

「因為你都給他花了。他應該幫你還。」

「給他花我願意，誰讓他是我兒子呢。」

這一句，已基本是氣著來了。

「你願意，我不願意。你們哪像一家人，根本不是一個階級的。」

「什麼階級？」這對話像考試了。

亞光答：「他是闊少，你是老媽子。」

「他年輕，就該吃好的、穿好的，咋穿咋漂亮，咋穿咋精神，我看著高興！」

亞光又被噎著了，年輕的倒該吃該穿？年老的該遭罪等死？正因為他們年輕，吃喝玩樂的日子還長著呢，才應該讓熬巴了一輩子的母親享受享受。而事實是——「我樂意，誰讓他是我兒子呢！」大姐在那邊又重複地頂了這一句。

大姐的愚昧，讓亞光愣怔得沒話說了。二姐亞明和她也只差了四五歲，構不成兩代人，但亞明發現丈夫不端，奮起反抗；婆婆欺辱她，分毫不讓；兒子畢業後還想不勞而獲，斷他錢糧！同為媳婦，同為母親，姐倆的差異怎麼像兩個時代的人？這，也是一個化彩虹，一個總無雨的原因吧。

看這邊不出聲了，大姐以為她啞口了，佯佯不睬地說：「這樣吧，老三，我給你借借，張羅張羅。要是能張羅來呢，我就給你送去。張羅不著，還是那句話，你自個兒想辦法。」

「無賴！」亞光終於火了，她提了一口氣，字字都掛著霜，是從牙根拔起，她說：「大姐，這錢，你必須還。」

「怎麼還？」

「兩週之內，不，一週。」

「你逼我？」

「亞光！」

叫了亞光，就不是一家人了。而平時，都是「老三，老三」的。

亞光用沉默，表示著堅決。

「亞光，別忘了，你姐夫是怎麼對你的！做人得有良心。」

一句話，亞光的頭頂像被人摁了一下，抑或腦後給掄了一錘，人一下子，就矮了，頓了，頹了。她想就地坐一會兒，喘息喘息，手機因為方向的改變，又「嘶啦嘶啦」的了。不知她們誰先摁斷了電話。

2

坐在椅子上，亞光老年人一樣伸長了兩腿，窗外，因為昨天的一場冬雨，天空格外乾淨。悠哉的浮雲，還是那麼高，那麼遠，一洗就如青春的少女。這世間，最禁老的，就是那廣袤的天空和輕淺的浮雲了吧？近二十年的時光，它們還是那麼年輕，那麼俊朗，而衰老和不幸，只在人間。

和家蓓來這個城市時，家蓓才一歲多，走路還不穩。大雨天，孩子坐在自行車後座，母嬰雨披只是個連體的筒子，怕孩子淋著，亞光不停伸手去後面掩，家蓓嫌悶，就用兩隻小手掀、扯。大雨鞭子一樣抽打她們，她大聲告訴後面的孩子：「別動，坐穩，摔著——」那話剛一出口，就碎玻璃一樣刮進風雨中了。

城鄉結合部，泥濘的路面潛著一個又一個的大坑，在她又一次伸手時，車把失衡，人車同倒。黑暗中孩子恐怖地叫著「媽媽，媽媽」，雨披裹著，什麼也看不見，亞光的兩隻手絕望又有力，在泥水中撈起孩子，自行車的什麼地方什麼時候刮到了她，根本不覺得。回到家，衛生間（洗手間）裡手臂血淋淋，嘴角血淋淋，披頭散髮……

就是在那個時候，大姐她們來了。大姐夫開始幫她接送家蓓，上幼兒園，開家長會，孩子發燒，醫院值守。有一次亞光病了，婦科病，長時間低燒、感染，在家裡戴著棉手套碰那冰冷的鍋灶，自個兒侍候自個兒。大姐照顧了她幾天，小店的營生又捨不得丟，後來，乾脆派了大姐夫，由他送米、送菜、買日用品。大姐夫是個沒文化的君子，從不進臥室，目光也從不在不該停留的地方停留，撂下東西就走。有時接送家蓓，留下來吃飯，飯桌上總是挑素的伸筷，好吃的，都讓給了她們娘倆。姐夫、姨子，這樣的曖昧空間，十幾年下來大姐夫沒有辜負兩個女人的信任。而二姐夫，魯韋釗，只短短的一個哺乳期，就讓亞明和亞麗不共戴天了……

亞光變換了一下姿勢，這樣伸腿坐著，也很累。

那時老四亞麗高中畢業，閒在老家，二姐生產，她來當個小支使。裡裡外外，相當於保姆，二姐夫又從不拿她當保姆，吃喝穿都格外地照顧她。亞麗崇拜二姐夫，二姐夫是棉紡廠的勞資科長，他告訴亞麗：「等你姐的月子坐完了，你想上班，想幹麼活兒隨便挑。」

後來的事情究竟怎樣發生的，亞明沒有審出來。她都要抽老四的大耳刮子了，亞麗也不說，低著眼皮兒，只一句：「我還要和二姐夫結婚呢。」

到了魯韋釗那，魯韋釗更深沉，一個勁說：「問你妹妹去，問你妹妹去。」

亞明又去找婆婆，那個管著幾千號人的女書記。公公是副市長，婆婆是紡織局的女書記，當婆婆聽了她的敘述，及對魯韋釗的痛斥，她像聽下屬彙報的女領導一樣，冷靜，皺眉，思考，靜場，至少五分鐘，才淡淡地開口，字斟句酌：「自古捉姦拿雙，抓賊見贓，況且，那一方還是你的妹妹。」

「我沒有這樣的妹妹！」

聲音太大了，態度也不對，婆婆已經不習慣聽人這樣講話。就算你是她的兒媳婦，難道就有資格這樣放肆嗎？

婆婆的眼皮兒撩起來，一撩起來，亞明知道老人家生氣了、震怒了。婆婆用擊穿銅牆鐵壁的聲音，命令她：「去鏡子前，照照你自己，看看你現在是什麼樣子——還像個共產黨員嗎？」

生產前，亞明在婆婆的關照下剛入了黨，目標是將來也像婆婆那樣，當個女大官兒，婆婆也有意培養。現在，婆婆這樣提醒，是威脅、警示，也是嚇唬！怒火中燒的亞明，燒弱了智力，也燒大了膽量，她咆哮般地斷喝：「你少拿那破事兒來壓我！你咋不看看你兒子，看看他像不像黨員，還科長呢！」

婆婆由震怒化成輕蔑了：「不可救藥。」她青松一樣站起身，青松一樣拔直著身板，走兩步，回頭，沒有亞明的個子高，卻是俯視，鼻子裡一聲「哼」。關門的一霎，才又撂出：「好日子過夠了就說話。」

「威脅，動不動就威脅，你以為你們家，是閻王殿呢，有權有勢就可以欺負人扒灰搞小姨子呀？」

「誰再過，誰是大姑娘養的！」這是亞明學的東北話。亞明的東北誓言總是那麼擲地有聲，亞明是破罐破摔了。撒過潑後的她臉上竟湧起了微笑。她聽說過婆婆是私生女，一輩子沒弄清父母是誰，狠出這樣的毒誓，亞明是自斷後路、親毀前程了。

婆婆那裡沒討得公道，亞明又回了娘家，母親抱著幾欲昏厥的她，也只有一句話：「我咋養了這麼個東西喲。」

父親讓人把亞麗拿回，當過教育局副科長的他，也沒有更新鮮的理論，判詞基本跟母親一樣：「怎麼養了你這麼個東西！」亞麗低著眼皮兒，就是一句話：「我想跟二姐夫結婚。」

最後文了一輩子的父親，動了武，一掃帚，把亞麗掃出了家門。

亞光站起來，坐椅子坐得腰酸，大姐不還錢還翻舊帳的煩惱讓她頭漲，她打算把這一煩惱，跟老四亞麗說說。當年，亞麗和亞明分壘，她站在了亞麗這邊，情誼，也是那時結下的。她一直說魯韋釗不要臉，畢竟，他是結過婚的男人，亞麗一個剛畢業的小姑娘，她懂什麼呢？

亞明不同意她的辯護：「一個巴掌拍不響，沒有一個好東西！」這一直是亞明堅持的理論。她還說：「人家大姐夫，老章，幫助照顧了家蓓那麼多年，總去你家，怎麼從沒動手動腳，啥事兒沒有呢？」

「也是。由此推論，只能說兩個都是好東西了吧。」想到這，亞光啞然失笑。她插上電源，想上網上找老四聊，QQ上說話，省錢。

突然手機響，是單位打來的，辦公室通知她馬上開會，說上級來檢查。

3

不坐班還開會，真煩人。亞光低著頭找了個角落坐下，所長號召「往前坐，往前坐」，她像沒聽見一樣，兀自縮在角落裡了。

這個位置適合休息、觀察、養神，也適合胡思亂想。極有開會經驗的她，坐下來從不與任何人眼神交流，空洞地看著牆壁。

會議室很小，幾十號人同呼吸，共氣味，角落算有利地形了。唯一的不足是熬不住了想出去，要費點工夫。

前方，主位上坐著書記、所長。亞光猜測書記家的枕巾一定是格子的，且很小，在他的右臉上，印著巴掌大的一片小方格兒。他和所長中間，坐著一個陌生女人，經介紹，是上級來檢查的處長，姓鄭。亞光暗想，這麼典雅的女人，當官兒可惜了，鼻若懸膽，額如滿月，象牙白色的皮膚，尤其那兩隻手——她一直用兩隻小手微微擎著頭，埋頭看桌上的幾頁紙。書記向下面做介紹，她連禮節性的微笑都不給，眼皮兒不動，嘴巴不動，表情更不動，唯一動的，是裘皮坎肩上的那枚金屬小拉鍊兒，在空氣中華美地一搖一搖，晃動著她不凡的身分。

會議沒什麼內容，年終了，安全、防火、節假日注意事項。前排就座的，一人一枝筆，嚓嚓嚓，猛記，聲音如盲人戳盲文。你們記個屁呀，有什麼好記的？就那麼幾句話，白癡都記得住，你們還裝模作樣地記，累不累呀！人精們。亞光不忿地想，牝雞司晨，現在這有志向的女人，是越來越多了，都想表現，都願意當官兒。教科所，教育廳下的一個事業單位，攏共也沒百十號人，這樣清貧的學術單位，也都知道當官兒的好兒了，拿筆嚓嚓記的，女性占了一多半。只有旁側不遠處一個老男人，行將退休了，他的手中是空的，挺著身，叉著腿，怎麼舒服怎麼坐。還有亞光這樣的，不求上進的……。書記說：「下面，我們用熱烈的掌聲，歡迎鄭處長——」一到這兒，亞光就知道，這個無聊空洞的會，終於接近尾聲了，要下課了。「叮」的一聲，有短信進來，是成萬平。他說他中午來家。

成萬平算亞光的男友。

自行車族的成萬平，大冷天也騎了一身的汗。進門，亞光接過他手中的簡易藍布包——開會時發的那種無紡布包，裡面是磚頭厚的兩本書，和一只羽絨兜帽。羽絨兜帽冷了戴上，熱了取下，是從羽絨服上卸下的，相當於兩用。此種戴法，基本人見人笑，亞光接過兜帽，也笑了。

成萬平還帶了一把青菜，亞光邊把青菜送向廚房，邊告訴他，這樣的青菜不好吃。「看著支棱（新鮮），都是防腐劑噴的。」

成萬平說：「不就是個菜嘛，都一樣。」

「那可不一樣，有的好吃，有的不好吃。」

成萬平去衛生間（洗手間）洗手，說：「我就不信黃瓜能吃出茄子味兒來。」

「雖然吃不出茄子味兒，可也吃不出黃瓜味兒。」亞光說，「一樹之果還有酸有甜呢，人也一樣，都叫人，有的好，有的壞。同樣是西紅柿（番茄），有的好吃，有的就不好吃。當了半天農民，連菜都分不清，白活了。」

「就你事兒多。」老成在衛生間（洗手間）裡回了一句。

兩個人已經習慣了這樣的對話，看著像吵架，其實已是老夫老妻般的感情。一飯一菜，家常規格。成萬平今天來，是給她送《劍橋中國史》，亞光喜讀書。

吃著飯，亞光感慨上午的會，說：「現在的女人，也都熱衷於當官兒了，一人一枝筆、一小本，抬著臉，仰望領導，嚓嚓嚓，像當年的江青之於毛澤東，傾力表演，也不嫌累。看來，這當官兒，無論男女，確實是能讓人當出癮來。」

成萬平說：「你要羡慕呢，就參戰。不屑呢，就清閒。人生豐儉由己嘛。」

雞同鴨講。更多的時候，他們的談話就是這樣，成萬平從不順著孟亞光說，而是擰著來，破著解。越是這樣，他們的話題越涼不了，越說越熱烈、激烈，甚至膠著、焦糊狀態。最後得動起手來，由文，變武。

亞光也奇怪，自己，愛成萬平的什麼呢？成萬平是這樣一個人：車站盤查，他永遠都是被拎出來需要重新安檢的那一位；商場酒店，服務員的眼皮兒也不撩他，貴菜懶得推薦；就是去影院看場電影，他也會被值班的叫出來，要求他存包。而那麼多衣著光鮮的人卻可以大搖大擺，手捧著爆米花、冰淇淋入內。成萬平外表太平常了，肥襠的牛仔褲，落著灰的黑皮鞋，磨毛了邊的羽絨服，兩戴的羽絨帽兜……外貌形同民工。可是亞光知道，他有滿肚子的學問，他的精神世界極其豐饒，他，是個有意思的人。這，也是多年來他們不離不散的原因吧。

這時成萬平電話響，接起，是他的前丈母娘。

電話摁得再緊，亞光也聽出，前丈母娘要他幾時幾時接站。

剛摁斷，又響，是成萬平的前姨姐。前姨姐好像問他在哪裡、什麼時候回去。成萬平「嗯嗯啊啊」，含糊其詞。亞光在一邊替他說：「馬上就回，馬上就回，請大姨姐息怒。」

「午覺是睡不成了，」亞光語含譏諷，說，「又是前姨姐又是前丈母娘的，雙套的班子，真趁呢。現任前任的，姨子丈母娘還分正負吶。」

老成笑，邊笑邊想反擊、反諷。這時亞光的手機響，是亞明，家中人人敬三分的二姐，孟家最有權勢的人。亞光叫了一聲「二姐」，亞明告訴她：「老三，晚上大家都到『全聚德』，碰一碰，說一下博天婚禮的事兒。」

家人見個面，也叫「碰一碰」，這官場的女人。亞光嘴角嗤之以鼻，聲音卻答應得乖巧，說：「行，二姐，我記住了，一定。」

4

赴宴時，成萬平換上了銀灰色的襯衫，外套純正的深灰山羊絨，淺配深，一下子就像大學教授了。這身行頭，是亞光給他置辦的，也只有帶他去娘家露臉時，才准許穿。而平時，成萬平肥腿褲就肥腿褲，大褲襠就大褲襠，皮鞋上落灰也不提醒，像農民工，就像農民工吧，這個年齡的男人，不倒飭更讓人省心，落魄點也保持了女人安全的級別。

他們進門時，迎賓禮儀躬身躬得很由衷，笑臉笑得很虔誠，成萬平自我感覺良好，用大拇指向後彎了彎，說：「看見沒有，本老爺一出場，美女們大禮侍候。」

亞光抿住嘴角的笑，成萬平就這點好，靠嘴皮子就能讓女人開心。

家人到得很齊，二姐亞明主位，見亞光他們進來，很有架兒，很官派，嘴角略咧，算笑，露出三分之一的牙，全是白金烤瓷的，粲然，美麗。然後右手一伸，示意他們坐。座次跟單位開會時一樣，也是按著級別、資格來的。因為缺席魯韋釗，成萬平直接挨著章士力。亞光叫了聲「大姐夫」，大姐夫對他露出親人般的憨笑。大姐心寬，就像亞光沒跟她催過債，幫亞光拉椅子，放大衣，還叮囑她小心包，說：「昨天老七在飯店，小常的包就被偷了，六七千塊錢呢。」

小常算老七的家丁。老七是最小的弟弟，亞男。人坐好了，靜場，由亞明致詞。單位那一套，搬到家裡也管用，群眾也配合，兩個嫂子，一個弟媳，她們就像亞明單位那些追求進步的女人一樣，仰著臉，做認真聽狀，虔誠地看亞明，聽亞明講話，然後讚許，點頭，誇獎二姑子亞明：「明明真不一般！」而她們管亞光，一直叫老三；管亞傑，叫老大。輪到亞麗，連老四都不叫，根本就懶得提她。

兩個哥哥也是禮敬亞明的，那份客氣有點像表兄妹。亞光暗暗算過，亞明的權力究竟有多大呢？不是市長，勝似市長了。亞鯤的兒子進不去重點高中，亞明打電話，進去了。亞鵬的兒子上不去好大學，輾轉了數日，也是亞明費力，把他弄進去了。就是老七的小兒子，入園入托，省直機關難，亞明愣是找人給解決了。老七的媳婦黃巧巧在單位買斷工齡，歸國資委管的事，還是亞明打了一圈電話，幫她辦妥的。全家的大大小小，過不去的關，都是亞明擺渡的。亞明是家中的活神仙、女菩薩。

但救苦救難不是無條件的、無償的，有挑選。亞麗惹過她，這輩子，她的事就不管了。大姐亞傑和老三亞光在亞麗的問題上，站錯過立場，她也很難原諒。比如大姐借錢就從不敢跟她張口，張也白張。今天，她的兒子要結婚了，才把大家請到一起，這是給她們面子，也是給她們將功折罪的機會。

沒看到上禮包，但亞明的精緻手提包，已經鼓鼓的了。宣布任務時，大家都積極請纓。另一桌的小吳、小常，聽到分配他們類似安保的工作，都恭謹地站過來，走近兩步，洗耳傾聽。他們一個是亞鵬的司機，一個是老七的手下，長年跟這個家戰鬥在一起，堪稱忠實的家丁了。

後來，進入自由吃喝的階段，大家就不再那麼繃著了，亞明左右的，繼續給她出主意，完善細節。嫂子們，則小組討論，竊竊私語，她們一定是在議論亞麗。家宴，有亞明，沒亞麗，她們不共戴天，從不在一個桌面上吃飯。姨子、姐夫的家醜，讓嫂子們一輩子都有談資，什麼時候舊話重提，都樂此不疲。

很可能要錢的事大姐跟棟樑說了，棟樑的目光一直不跟三姨對視。他拔著身板，一身大品牌的毛西裝，側影看非常尊貴。他什麼好吃吃什麼，什麼有營養來什麼，上等人一樣，輕輕地、內行地，剝著蝦的第三節，細細品味，吃得頗為考究。亞光心說：小狼崽子，喝你媽的血，都不嫌腥啊。看看你哪裡像個下崗工人的兒子，分明是省長家的公子哥嘛。這時，對面的老七說話了，他說：「三姐，那房子，昨天又貼告示了，他娘的，開發商——」亞光急向他眨眼睛，示意他別說。可是大姐耳尖，她聽見了風向，她接話問老七：「是不是那房子又變了？不拆了？」

「可不是。這開發商，一天一個屁八個晃兒！」老七說，「前兩天還讓大夥整錢整錢呢，錢整來了，他又不拆了，說成本太高。這回去他娘的吧，我不操那個心了，大夥咋整，我隨大流兒，我擎現成的。」

大姐說：「聽見了吧，老三，那房子沒影兒的事，不用急著整錢了。」

亞光散瞳一樣只看著眼前的菜。她原想借老七拆遷，她也買一套，跟大姐討回借出的錢，現在，老七一說，這討債的理由又不充分了。

大姐趴她耳朵說：「多多那件毛衣，快織完了，等她放了寒假，就能穿上了。水粉色兒的，可好看了。」

多多是亞光女兒家蓓的小名兒。

亞光說：「別挨那個累了，現在商場什麼都有。」

「買是買的，那跟大姨一針一線織的，能一樣嗎？」是不一樣。家蓓小時，不但毛衣、毛褲都是大姐織，就是棉襖、棉褲，也是大姐一針一線給做的。這樣想著，亞光猛往嘴裡填了一口菜，同時，又給大姐夾了一大箸。

大姐說：「老三，我都不好意思跟你說，你姐夫不是該退休嗎，前兩天聽人說，你姐夫要想順順當當地退，辦下來，最少得兩萬。」

「上供？」

「可不是咋的。」

亞光知道大姐又要跟她借錢了。大姐夫是重體力，按工齡，五十五週歲，可以領養老金了。可是在老家那邊，辦事的人把退休當成了唐僧肉，合格的，隨便找個理由不給你退；不合格的，花了錢照樣能辦。大姐說：「你姐夫這個要是辦不下來，不但不領錢，還得倒交錢。五年，裡外得十萬。我尋思著，老三，你再借給我兩萬，閻王、小鬼的，我打發他們。現在這世道不就是這樣嘛。等辦下來，你姐夫的退休錢補了，我湊個整兒，一堆兒還你。」

大姐夫章士力正停止了咀嚼，向這邊看。他可能聽見大姐的話了，那張長年風吹日曬的臉，在酒精的作用下，紅光滿面笑呵呵的，彌勒佛一樣。

「反正你不看僧面看佛面！老三。」大姐說。

5

回到家亞光非常疲憊了，成萬平把她送到樓下，就轉道去接他前丈母娘了。亞光給亞麗發短信，讓她上網，說「有說話」。亞麗隔了好一會兒，才回信，說：「三姐我沒在家，在外邊。」

「在外邊」三個字，讓亞光恍然想起，亞麗已經有好長時間，都不著家，經常「在外邊」了。一種痛感，在她內心升起，她知道亞麗的「外邊」是哪，對著電腦的顯示屏（螢幕），亞光的眼睛盲了一般，直瞪瞪地看著空氣。

這世間，有哪一個家庭、哪一樁婚姻，不是千辛萬苦又百孔千瘡？女人的一生，開始錯了，就要錯一生？人人都被上帝安置了機關，他不讓任何人圓滿，即使貌似圓滿，也設好了陷阱、坑洞，稍不小心，一腳踏空，便永世都在掙扎……。亞麗當初，為追求自己的幸福把二姐氣個半死，她自己呢，如今落得個什麼？魯韋釗把她安排進了棉紡廠，當輕閒的化驗員。但婚姻，他母親不同意。亞麗是在魯韋釗的小女兒都出生了，上幼兒園那年，才跟電工小江結婚的。

「賤貨也沒好下場吧？」亞明說。

「那是你妹妹，不能這樣說。」大姐和亞光一直這樣斥她。

「那臭流氓就有好下場嗎？別看他又是娶又是生的，還兒女雙全，看著吧，報應在後邊呢，不是不報，時候沒到！」亞明轉而又對魯韋釗進行詛咒，這個亞光同意，魯韋釗是已婚人，在那件事上，他全責。

婚後的亞麗，自以為愧對了小江，豈不知，女兒出生後，小江就告訴她，跟她結婚，就是想要個孩子，同時，也算給父母一個交待。

婚前短暫的時光，亞麗一直都以為他羞澀、正經。婚後三班倒，他們碰到一起的日子也不多，白天他在補晚上的覺，夜裡他出門了。亞麗那時還不懂，「流氓」、「變態」真正的學名叫「同性戀」。她不能理解，小江為何對她的肉體那麼懼怕，那麼不感興趣。亞麗挨著他的腿往沙發上一坐，他被電了一樣立即起身，藉口拿杯子，喝水、去衛生間（洗手間）什麼的。床上，也離得遠遠的，冬天說冷，夏天嫌熱。亞麗曾暗自檢索自己，是不是小江知道魯韋釗的事，心有嫌惡？如果是這樣，又為什麼找她結婚？

亞麗訴說這些的時候，體重只剩八十來斤（四十幾公斤）了。別的女人蜜月後，是新娘；她黃瘦的臉和沒有光澤的眼神，像遺孀。

亞光比她多讀些書，當時也沒有確切的答案，但在後來的日子裡，她明白了，小江這樣的男人，叫「同志」。

「同志」對異性冷漠，非他無情。

她們白天吃飯，飯桌上，小江目光只在菜盤上停留。女兒長大了，小江掙的錢也都拿回家花，但看她們就像看任何物體。小江在這個家，基本如同一個影子。幾年後，棉紡廠被合資，小江單幹，去南方做起了電子生意，一年四季，家裡連影兒都沒有了。慢慢地，亞麗像得了花癡，她看著電視，常常抱緊了自己……

打麻將解憂愁，亞麗就是那時候，有了賭博的癮。男男女女，手碰手，腳抵腳，膝蓋頂膝蓋，煙火氣，讓亞麗不再孤單。還相遇了小裴，一個遊手好閒的光棍，一張床，一口鍋，窮得叮噹響，亞麗不計較這些。一個真實的男人，勝過所有。亞麗就是從那時起，常常「在外邊」了。

小江的影子生活固然可悲，但亞麗這樣，破罐破摔，跟一個整日以賭為生的小混混在一起，也太糟蹋了自己，一點顏面都不要了。亞光第一次知道了亞麗的「在外邊」，她氣得眼珠都不動了，直奔亞麗面前，斥問她。

亞麗就吐出三個字：「沒辦法。」

「沒辦法」——在「沒辦法」面前，誰都啞了聲，沒了話。生活中有多少「沒辦法」？一個「沒辦法」，搪過了所有。成萬平和她一家兩過是「沒辦法」；大姐不還錢也是「沒辦法」；二姐亞明結不成姻，同樣嘆沒辦法；亞麗有丈夫如同沒丈夫，和小混混混，依然是沒辦法。生活中的「沒辦法」，替代了一切辦法。

電腦已進入休眠狀態，亞光打了個哈欠，關機睡覺，就是眼下的辦法。

6

一近年底，單位顯得很忙，無事忙。述職、填表，年年都在重複同一內容。亞光握著筆，其實把去年的日期改一下，這個枯燥的遊戲，便可完畢。

有幾個人肯定跟她一樣，也是改了改日期，不然，不會交得那樣快。這些人近期更關心的，是人事變動。聽說書記要走，走一個，騰出一系列，如果旱地拔蔥，就盤活（周轉）了全域。那些開會喜歡拿筆戳表現的，都有晉位的可能。亞光看著她們匆忙的腳步、神祕的背影，有些幸災樂禍。

她們教科所的《教育與研究》，錢副主編和孫副主編都在暗暗努力，錢編人長得不錯，對領導拍諛詞也恰到好處，但經濟實力不行。孫編來得晚，資歷淺，相貌也不占優勢，但她家底厚，捨得砸錢。大家都覺得孫編更有勝出的可能。《教育與研究》看似個清淡的口兒，一年四季稿子發不完，只要職稱評定不結束，她們就永遠有生意，天天稿件的匯款像雪片……

錢副主編最近在打扮上，是越加地投入，她一定是想在形象上，給自己增分。孫副主編也不示弱，但怎奈，她的披掛屬使反勁，那兩截火腿腸一樣的短腿，插在靴子裡，實在不好看，露短暴怯。小李曾說：「咱們教科所啊，全是當官兒的後代，你摸著腦袋數數，哪一個不是這家的兒媳、那家的弟媳，還有兒子、閨女，倒不出三輩兒，都有來頭。」

不用倒三輩兒，兩輩兒之內，都是親戚。亞光知道錢編的公公曾當過教育廳巡視員，現在沒勢力了。孫編的，婆婆的關係七拐八拐，也跟教育廳有關係。不說別人，就是孟亞光自己，沒有二姐亞明，她當年一個縣印刷廠的小校對工，能來到教科所？後來由於亞麗的事，二姐生她的氣，看她也不是當官的料，就由著她了。亞光進編輯部二十來年，連黨員都不是。二姐問過她此生的志向是什麼？她說要著書立說，當女魯迅。

同事小趙進來了，進來就出去了。小趙非常能幹，她除了編輯部這點事，一直在外面兼職做書稿、教材啊、輔導啊，都是出自她的手。

通聯小周進來了，進來拿了個什麼東西也出去了。亞光猜測她準是去了書記屋。教科所裡，書記和所長都當家，但平時，大家看得出書記的威力更大、更有權力。小周人乖，她一般的時候，是請示了書記，再去所長那彙報一遍，誰都不得罪。

曠大的辦公室，就剩了孟亞光一個人。望著窗外，她胡思亂想。大姐借的錢，什麼時候能還呢？還得寸進尺，舊債不還，又提新的。這些還都不是最愁的，現在亞光發愁的，是家蓓的高考。過了年，這個問題就直逼眼前。家蓓成績不好，上那種拿錢就上的三本，純屬瞎耽誤工夫兒，還浪費錢。周圍的同事、朋友，差不多提起誰家的孩子，都是出國留學了。家蓓在國內上不去好大學，能不能也留學呢？這個問題，讓亞光又一次想到了錢。留學可不是個小數目，一套房子錢吧。她這樣想著，手機響，是家蓓的老師，讓她中午來一趟。

「來一趟」，亞光養家蓓長大的十八年裡，被老師命令來一趟，已是家常便飯了。一接到老師的短信或電話，亞光就知道要「來一趟」了，家蓓又惹禍了。在家蓓小學的時候，亞光曾經用不再上學威脅她，而家蓓呢，她小小的年紀，也會反威脅，她說她要去找她的爸爸。她哪有爸爸啊。聽到家蓓這樣說，亞光就沒脾氣了。她會抱起家蓓，說起別的話題，或者耐心教育她，聽老師的話，別讓老師總找家長。

家蓓是個天不怕地不怕的孩子。亞光發現了這一點。

這一次，她又犯了什麼錯誤呢？亞光看了看時間，決定路上吃碗麵，就去面見老師。在她站起身，鎖抽屜時，錢副主編回來了，看她低垂的眼皮兒、不開心的嘴角，亞光心裡感嘆，人生的不快，真是各有各的不同啊。

亞光熟門熟路，走廊上，已經站了三個家長，看穿戴，不是經理就是政府職員，都乖乖地站著，為了孩子，他們現在的身段都很低。一家一胎，真是把中國的父母給坑苦了，哪是養兒養女，分明是在供祖宗啊。有難同當，亞光的心裡好受些。按順序，她站在了第三個人的後面，然後看手機上的時間，一個一個地叫，一個一個地教育，輪到她這兒，得什麼時候啊。

讓她驚喜的是，第一個家長出來，到了他們兒，一收，把他們都叫進去了。周老師還客氣，讓他們都坐。那個經理樣的人不習慣坐在小椅子上，他半倚半坐在椅背上。另兩個女人，都仔細地分辨椅子面，刮不刮她們優質的褲子、大衣，虛虛地將就著坐了。亞光是牛仔褲，她吹了一口，踏實地坐下。全體一致仰望周老師，等待教誨。

周老師先說：「高考這麼緊了，不但學生們要緊，家長也不能放鬆，你得比你的孩子還緊。」然後，他說了學校的難題，升學率、他們的工資、獎金。這時候，他才把目光轉向了亞光，和另一個男人的臉，看完她看他，說：「你們，都不能大意了，這兩天，孟家蓓正和王唯一，打得火熱。」

對面的男人看來是王唯一的家長了。

「你不學，也別拉別人的後腿，在這個節骨眼上。你——」他一指亞光，說：「我就直說了吧，你家孟家蓓，她放棄了，也拉得王唯一，沒心思複習，成績飛流直下。」「還有

——」他又看了另一位家長，叫她家孩子的名字，亞光沒記住，挺難記的一個名字，分不清是男孩女孩。他說那孩子本來學習挺好的，現在，也跟著孟家蓓一塊瘋，瘋得要命。「昨晚，那幾個瘋丫頭，半夜才回來。我真不明白了，現在的女孩子，怎麼比男孩還淘，還瘋，還難管！」

亞光的臉皮最熱了，瘋丫頭帶頭的，準是她的家蓓。老師在班上多次點名，說她「腥了一鍋湯。」「一個小姑娘，總是像農民起義軍，首領。」這些評價老師都給過。亞光低頭不是，抬頭不是，她連羞臊都沒有了。自己養的孩子，不錯，她一直想把她培養成白天鵝，可是，這孩子……。隱痛讓亞光的表情有些怪異，周老師接下來說的各家管好各自的孩子，孟家蓓的高考不做指望，如果家長能領回去，不參加考試，學校將會非常感激她們等，她都聽了個大概。最後，周老師還給她鞠了一躬。正是這一躬，讓亞光清醒並下定決心了。

從老師辦公室出來，亞光跛足一樣向大門口走去，那是很長很長的一段路。重點中學，外國語學校，紅頂，塑膠，這個漂亮豪華的中學，耗去了她多少銀子？到頭來，換得這樣的結果。亞光並不富有，她投血汗錢，一切的一切，只是為了彌補女兒沒見過父親的歉意。可是，可是，灰心讓亞光覺得自己的身體成了一片布，在飄。她走得很無力，沒支撐。在出校門的一霎，感覺後面有人，回頭，一個弱單的身影，兀地蹲在花壇後面了。

家蓓的一藏，讓亞光淚水終於湧出。

7

亞光坐進她的小QQ，她沒有回家，而是順著主幹道，直接開上了高速。一個小時，就能回到父親那了。亞光此時，突然強烈地想回去，看看母親，看看那片墓地。一腔憋悶，老四亞麗指望不上，只有找田琳說了。看看母親，看看田琳，是她多年來，遇到最難的事，想馬上見到的兩個人。

母親已經不在了，她已長息在墓園。父親說：「你媽的死，就是你和老四，一人一隻手，把她推進棺材的。」

那時，亞麗和魯韋釗的事還沒結束，母親還不知道該怎麼辦，二姐亞明三天兩頭回來哭，父親的辦法也只是一掃帚。母親說：「我演了一輩子的戲，到頭來怎麼我家的事比戲臺還熱鬧？」光顧著愁老四了，老三亞光，她的腰身也不對了，一個姑娘家，怎麼就突然變圓了呢？母親問她怎麼回事？她就是一個活啞巴。還不如老四，老四好歹有個話兒，要跟她姐夫結婚。可這個老三呢？嘴硬得像鉛封了，逼她，不說。打她，也不說。一個大嘴巴，疾風暴雨的家法，她就呈打死也不怕的姿態，蹲身抱住自己。精疲力竭的母親，終於舞臺上的青衣一樣劈裂著嗓音喊了一聲：「天呢！」人就氣倒了。

扶上床，母親再也沒起來。

亞光肚子裡的孩子，就是後來的家蓓，她原來叫霍多多。

把車開進松柏園，闊大的墓地，像是為母親一個人修建的。不是清明春節這樣的祭日，平時幾乎沒什麼人。亞光的到來，讓那個看場閒逛的老頭，畏畏葸葸，不敢靠前。平時的小縣城，開車來的很少。

亞光空著手，她既沒帶冥紙，也沒有鮮花，直著身子一步步，走到了母親的墓碑前，坐下，什麼也不說，沒有眼淚，就是呆坐，空洞地望著遠方。不遠處，那個老頭覷著眼，奇怪、不解地望著她。

水泥臺階很涼，後背很冷。陰間之地，真是有股「嗖嗖」的冷風啊。坐了有十幾分鐘，亞光受不了了，她站起來，搓著手，圍著母親又轉了一會兒，直到太陽完全下山，她才對著母親的墓碑，鞠三躬，開上她的ＱＱ，進城了。

自始至終，她的怪異之行，都讓那個看場子的老頭沒盤問一句話。

亞光覺得，雖然她什麼也沒說，但母親，一定什麼都聽到了。

回縣城的路上，她猶豫著，是先看父親，還是先去找田琳。有了繼母，父親的那個家，就像別人的了。父親沒退休時，在教育科幹了一輩子，副科長，亞光知道他一輩子都想當正科長，但壯志未酬。幾個兒女中，他最看重的是亞明了，是這個二女兒，幫他實現了未酬的心願。一個女兒家，當上了正處級的大幹部，這在咱縣城，就相當於縣太爺啦。父親曾經逢人就誇。如果二姐回來，他會高興；而她和老四，父親曾說，就當她倆這冤家都死了。

還是先給田琳打個電話吧。

田琳是亞光的鄰居，又是同學。小時都喜歡過浪漫，少女時代用詩歌表達愛情。自從田琳的丈夫欺騙了她，離婚，田琳對生活的態度，就改變了，也改變了人生攻略。她說既然愛情是靠不住的，務虛吃虧，那就來點實際的吧。她的再婚是找了個有權的，能幫她女兒入好學校的。她自己，也從忙得臭死的中學，調到了政府機關。遺憾的是好景不長，那人很快倒楣，被反腐了。好在田琳自己的本事長了出來，她不再寫小花小草，而是一枝筆桿子征戰辦公室，現在，她已經是辦公室的副主任了。田琳目前的任務，是有錢，多多的錢，她的女兒在外留學，前一段跟亞光通電話，她說她正跟一個煤炭商人談戀愛。亞光明白，田琳的第三任老公，很可能就是這個商人了。

田琳接她電話，還是那麼欣喜，就像她們少女時代一同相約去哪兒玩。亞光想，人家田琳，活該幸福，也應該幸運。你看人家，經歷過多少挫折，也依然像上滿發條的鐘，按時打響，一絲不怠，什麼時候都熱情滿滿。田琳管亞光叫「三兒」，問：「三兒在哪兒呢？」「三兒」的稱謂讓亞光心頭一熱，又一酸，這樣叫她的人，除了母親，只有這個兒時的玩伴兒了。母親已經不在，她現在成了「老三」。

亞光說：「我餓了，找你吃飯。」

田琳驚問：「你來河塘啦？」

亞光說：「就在你單位門口。」

田琳趴窗向樓下看，「沒有哇。」亞光說：「先去我父親那，回頭找你。」

田琳告訴她，直接去「都一處」吧，正好晚上同學聚。「劉衛東那小子，都當上局長啦。」

上次跟田琳見面，她好像說過劉衛東在保障局；這麼快，就當上局長了？真是人不可貌相，當初說話結巴、被男同學當球踢的人，現在，都是局長了。保障局，不正是管工人退休的嗎？亞光想，今天來著了，大姐還錢的日子，有望了。

見到父親，他正跟繼母吃飯。看亞光突然回，問她：「有事兒？」亞光說沒什麼事兒，她也沒說去了墓地。她如果那樣說了，父親一定會用鼻哼來表示他的憤怒：「有那孝心，當初別氣死她呀。」亞光想，氣死母親的罪責，她和亞麗，是一輩子也脫不去了。

繼母問她：「吃飯了嗎？」說著站起身要為她拿碗。她說：「不吃，一會去田琳那，跟她們吃。」

父親說：「田家那小琳子，看著瘋張，可是挺有心眼兒，才幾天，都當上管人的了。我去老幹部科，問個事兒，那幫人看人下菜碟，根本不理我的碴兒。正好小琳子進來，沒她，我那事兒辦不成。」

亞光接過繼母遞來的那杯水，看父親眼裡放出的光芒，跟說到二姐時一樣。父親是喜歡有「能耐」的人的，她和亞麗，都不行，父親一直說白養了。亞光有些百感交集，嗓子發澀。恰在這時，電話響了，是田琳。她說大家都到齊了。

韓建設、劉衛東、吳彩霞、彭玲玲，亞光看著一張張年老發胖的臉，和男染黑、女染黃的頭髮，同學會同學，就是搞破鞋。田琳的丈夫，就是同學會會出婚外情的，被田琳抓到，離。在座的，亞光隱約知道，韓建設喜歡吳彩霞；而劉衛東，一直心儀彭玲玲。她挨著田琳，田琳不愧是辦公室的，非常稱職，上上下下周到張羅，酒沒過三杯，大家已經感到場子熱了。

縣城的一切都跟大城市接了軌，連行酒令、祝酒詞，都無出其右。劉衛東喝到高興處，還上來給亞光一個西式的擁抱，透露說他當初是多麼多麼喜歡她。他的表白換來彭玲玲猛烈地仰脖自乾一杯。

亞光想，她可不是來吃飯的，她有事兒。她附田琳耳邊，把大姐夫章士力退休的事，跟她說了。田琳大嗓門，直接嚷：「這還不好說，咱們的大局長，就坐這兒呢。這點事兒，手拿把掐。」

她這是給劉衛東戴高帽兒，激將。

劉衛東一著急，說話又結巴了。但伴著手勢，態度很鏗鏘，說一句頓一下。他的大意是說：「亞光大姐夫的事，就是咱自家的事。但是，這個事也不是那麼好辦的，那麼容易的。所以，你把他的情況，給我寫一個材料（資料），報給我，待我看一下，再定。」

亞光不相信，眼前這個人，還是當初那個鼻涕永遠擦不淨，一說話一吸溜的小學同學嗎？還是那個給全班同學當勞動委員，被班長韓建設一不高興，就當馬騎的劉衛東嗎？現在，他坐主位，韓建設一直在給他滿酒，一口一個「衛東」。他的官腔打得好熟練啊，「先報個材料，看看再定」。

田琳說：「有什麼可報的？劉衛東你真拿自己當老大了，跟同學也來這套？缺錢你直說，這麼點事兒還整什麼材料哇，她姐夫姓章，叫什麼了？哦，章士力，在咱們縣建材廠幹過，現在到年齡了，想退休，你給不給辦吧？」

劉衛東臉漲紅，說：「田琳這就是你不對了，還政府辦的人呢，凡事講個程序，紅口白牙的，這麼一說，我跟下邊怎麼說？咋也得有個東西吧？」

「噢，也對。」田琳懂了，她說，「只要你給個痛快話，材料，我幫整。」

接下來的酒，田琳主打，就喝得越來越熱烈了。一輪高過一輪，亞光知道，田琳現在，已經離不開酒了，工作應酬，要喝。自己不開心了，也喝。某人升職了，祝賀喝。自己不順利了，澆愁喝。喜也喝，憂也喝，眼前這酒，她是為亞光喝。一直叮囑劉衛東：「可別不當事兒。」亞光去衛生間（洗手間）的時候，田琳跟了出來，告訴她，劉衛東雖然是同學，但現在辦事，都這樣，明碼標價。劉衛東能不那麼黑，把事兒辦了，就算夠同學的意思了。田琳指導她說：「煙、酒、打點的錢，怎麼也得這個數。」她伸出一隻巴掌。亞光說要打個電話問問大姐，田琳就在一邊等著。接通了，亞光說她的同學在保障局，不用兩萬塊，但是，煙和酒，咋也得五千。那邊大姐一聽就高興了，她會算，她說：「老三，這樣咱不能省下一萬五嗎？你先給姐墊著，等完事，哪樣大姐都少不了你的。」

8

元旦的時候，亞明為兒子魯博天，舉行了婚禮。

按理，亞明跟魯韋釗分手多年，兒子又一直由魯韋釗養著，她當初因為沒有爭得兒子的撫養權，便連撫養費也不必拿。現在，魯博天長大了，要舉辦婚禮，他父親才有全權的操持權。可是，亞明像女皇一樣，一直高高在上，頤指氣使，不但兒子聽她的，前夫魯韋釗，也恭敬從命。一切的一切，都因為魯家敗落了，亞明升起來了。她不但是娘家人的菩薩，她還是兒子的救星。

亞明的前婆婆，那位書記大人，剛過六十，退休那年就腦溢血去世了。公公，離休後也有很長一段時間的不適應，是夫人的去世，讓他警醒，命是自己的，要想活，得馬上站起來，打起精神。他開始天天鍛鍊身體了，出門也不再怕人笑話，誰沒有退休的那一天？誰沒有失去權勢的那一刻？他想開了，懷念夫人，也勇於再娶，煥發了第二青春的他，幾個月時間，就迎新老伴進門。

魯韋釗的棉紡廠被合資，資本家不需要勞資科長，更不養那麼多的官兒。當工人他又沒技術，家裡還有個小女兒嗷嗷待哺。那幾年的魯韋釗，生活狀態正應了亞明的預言：「別看他有兒有女的臭美，有他罪受的！」魯韋釗是受了點好罪，兒女嬌妻就如一架大車，拉得他精疲力盡。博天名義上是歸他養，但遇了事兒，都得找他媽。找工作、再就業，及至現在的婚禮，沒有一樣不是亞明不伸手的。酒店按規定根本不允許掛這麼多拉花、氣球，防火那關就通不過，又是亞明找了消防的老朋友，酒店才打扮得這麼漂亮。弱國無外交，亞明不但婚禮程序由她說了算，還下了命令：老一輩的後老伴、少一輩的後老伴，也就是博天的後奶奶、後媽，都不許出現在婚禮上，而她和魯韋釗，不是夫妻，卻仍以夫妻面目共同接待各方來賓。

條件屈辱，但魯韋釗虎落平陽了，都一一答應。

婚禮的熱鬧是形式，而核心，是禮金勿要弄錯。兩本大紅禮帳單，事先說好了各記各的。但是，誰能保證一點不出錯呢？來賓中，肯定有同名同姓的，也肯定有把錢給錯主人的。如果沒入帳不記名直接就進了誰的兜兒呢？甄別工作，是一項重點工程，婚禮的重中之重。亞明穿著腥紅的羊絨毛裙，嘴上應酬著賀喜的來賓，耳朵卻機警地聽著帳桌上的動靜。

一個來賓果然把票子塞進了魯韋釗弟弟的衣兜，亞明漂亮的大眼睛寒光一閃，一轉身，就瞪向了家丁小常。事先，小常的重任就是負責監督，那些把錢入錯兜的人。現在，亞明一瞪他，他馬上意識到有情況，幾步鑽進人流，把剛才那個人找出來，問清了單位和姓名，上帳。飯桌上，亞明也有嚴格、周密的計畫。煙茶、酒水飲料，那都是花了銀子的。女賓席一般不喝酒，也不抽煙，頂多喝喝飲料。亞明事先已有話，飲料喝了就喝了，雪碧、可樂的，也值不了幾個錢。而白酒和煙，那都是錢。席後，不能由著小服務員給收起來，讓她們密去。這個任務，她落實給了大姐，和大姐夫。告訴她們一定把好關，給收好，拾回。回頭退給專賣店，還能變現。

所以吃飯時，亞光挨著大姐，大姐一邊吃，一邊抬眼溜溜地看。大姐夫那麼熱愛喝酒，也沒有悶頭苦喝，而是隔一會兒，就抬眼望望，注意觀察那些快吃完的，退席的桌。有了發現，他衝大姐一揚下巴，一擺頭，大姐就會快速走過去，手腳麻利地把煙和酒收起來了。

家丁小吳負責男賓席的勸酒、陪酒。

亞光看得出，所有人都分工明確，而那些領了重任的，顯然是榮幸的、自豪的，也是非常盡職的。老七亞男塞給了亞明一個厚厚的紅包，從厚度看，至少有兩萬。這麼大的禮，準是又有事兒求亞明。果然，吃到後來，亞光聽到大嫂和二嫂說，亞男前幾天開車，在商場門口軋了一個小男孩的腳。老七的媳婦黃巧巧說：「我是眼睜睜看著那孩子把腳伸進去的——小崽子討厭，拿腳伸著玩。」她說當時商場門口人多得像一鍋粥，車根本開不起來，老七往裡蹭著找停車位，那孩子就把腳伸進去了——「這下好了，那小娘們兒，當時就訛上了。」

「又上醫院又拍片，都說沒事兒。可是她還說不行。」弟媳控訴。

「現在一出事兒，就說他們是弱勢群體，其實，她們才強呢，一輩子，訛死你。」大嫂幫腔。

「都花兩萬了，還不行。說得管她孩子一輩子。這不嘛，起訴了，以為法院是她家開的呢。老七說了，有那錢花給外人，不如給咱自己家。他昨天都跟我二姐說了，二姐答應幫他找人。」黃巧巧憤憤。

「對，這樣花得值，你隨她了，等你家孩子結婚時，她也少不了。還落個厚人情兒，老七會辦事兒。」二嫂的話黃巧巧聽著並不舒服。

亞光一直悶頭吃，大嫂對她有感而發，大嫂說：「老三，你也本科研究生的念了不少書，好幾個文憑了吧（全是亞光自考的），咋不向你二姐學習，在單位也弄個一官半職的，你看咱們家，遇了事兒全得靠你二姐。」

二嫂接過話，她說：「老三那單位，熬巴個官兒，也比不了明明。人家是財政廳，預算處，那多有錢呢。財神的部門，當然腰桿硬了。」

大嫂說：「你不熬官兒也行，可你天天寫，天天看，眼睛都累成了那樣（亞光戴著眼鏡，高度近視），圖啥呢？」

「寫一本書，能賣多錢？」二嫂問。

「再說了，現在誰還看呢？」弟媳黃巧巧的話終於讓大家都笑了。

「這年頭哇，什麼都沒用，就是當官兒好使。」老七亞男感慨。他還說，這輩子，就這點造化了，到處受氣。下輩子，他娘的，他想什麼辦法也得當官兒。當大官兒。「我他娘的，天天吃香喝辣，腐敗，我腐敗死他！」

老七的話讓大家又是一陣哄笑。

亞光本想提一提，她花出去的那筆煙酒錢，可是大姐一會兒去收酒，一會去收煙，總是不消停。趁大姐又拿回四盒軟中華，亞光提示說：「這個煙，在這兒賣得比縣城便宜，一盒差四十呢。八條，貴出一瓶酒錢。」

大姐知道她的意思，用胳膊一撥拉她，說：「老三，放心，大姐黃不了你。」正說著，大姐夫章士力又用下巴示意，大姐急忙忙跑向另一桌，那桌剩著整瓶的白酒，小服務員欲伸手，大姐眼疾手快，一把，抄進了自己的懷裡。

9

春天裡，大姐亞傑的生意就不好做了，這使她心裡越加發毛。欠亞光的錢，雖然她沒有再逼，但每次見面，亞傑還是臉熱的。前一陣兒家蓓到她這兒來，她把那件毛衣獻給孩子，擱小時候，大姨給買朵花，她都雀躍半天，而現在，眼光高了，看不起她織的毛衣了。那嘟著的嘴角、皺著的眉頭，都表明她不高興。倒是亞光，過意不去地一個勁說：「快謝謝大姨，謝謝大姨。」

「現在這孩子，咋都這樣了呢？是蜜罐裡把他們泡壞了。」兒子棟樑，告訴她要再結婚的消息，對她來說如晴天霹靂。上次結婚拉下的饑荒，還沒還完，人家老三心裡不願意呢，這麼快，他又要結，這再結個婚，得多少錢呢？

亞傑一下一下用筷子攪著麵條，清水上面漂著細碎的頭髮碴子，亞傑老了，那漂浮的一層，她根本看不見。「不乾不淨，吃了沒病。」這是她的人生經。小理髮店，僻居最窮的社區一隅，不到五平米的偏廈子，冬天冷，夏天熱，顧客群體，多是農民工，理一個寸頭，才兩塊。十幾年前，亞傑開的是小賣店，被小偷一次光顧，就閉門了。現在，亞傑的小理髮店，硬是靠這兩塊兩塊地攢，給兒子章棟樑，攢出了一套房子，一份工作。

一般的時候，中飯和晚飯，亞傑都在小店裡對付，她現在是趁著沒顧客，給自己下了一碗麵。沒有顧客的日子裡，亞傑的心非常沉默，春天熱，人們都不願意進理髮店。偶一來人，亞傑看他們的目光像看親人。門簾一動，有個暗影，亞傑以為顧客從天而降，簾子掀開，是兒子，高大的章棟樑。

「上班時間，咋來這？」

「領導自己開車，我沒事兒。」棟樑是給領導開車的。

棟樑樂得剛會開車的領導自己玩，他有自己的吉普，剛去女朋友那商量事兒，順道在母親這停一下。

「也一塊吃點？」亞傑挑著麵條，問兒子。

棟樑看到了麵條上面落滿頭髮碴子，他說：「媽我說你多少回了，刷個鍋，也捨不得用水，那麼多頭髮碴子，咋吃啊。」

「不乾不淨，吃了沒病。」亞傑說著，一揚頭，從她的肩膀、頭上，包括面部，又飄落下紛紛的碎頭屑。一縷陽光，讓那碎屑塵埃一樣翻飛。棟樑嫌惡地後退了一步，皺著眉說：「省，省，省能省下來幾個錢呢?!頭髮碴子多，多費點水，洗洗，不行嗎？」

亞傑最恨嫌棄她小店的人，說她有頭髮碴子的人。「你有事說事沒事滾犢子。」禿嚕，一口麵條吃下去。「嫌木匠有漆味，那能行嗎？」

棟樑倒也乾脆，他長話短說，說：「我去小于那了，路過，進來跟你說一聲。小于說了，我們這回結婚。不辦了，出去旅行。」

「不辦酒席？那省錢啊。」

「不過，我們也不想在國內走了，三亞、麗江的沒什麼意思。這回，我們打算去歐洲，還沒去過呢，出去看看。」

「歐洲是哪兒啊？」亞傑的世界裡根本就沒有歐洲這一概念。那亞洲、歐洲的，都是電視上播音員嘴皮子裡吐出的詞兒，現在，從兒子，小老百姓，嘴裡說出，她有點嚇住了。亞傑又新奇，又恐懼，「那得多少錢呢？」

「也沒多少錢。三四萬吧。我算了，這樣，也比辦酒席省。現在的酒店哪一家不得千八百的，百十桌，加上酒水，十萬打不住。這樣一比，還是出去省。」

亞傑一口麵條已經送進嘴裡了，此時，突然像草棍，噎得艱難。她說：「兒子呀，你結婚，媽當然高興。可這錢呢，眼下吧，媽有困難。這不嘛，借你三姨的錢，還沒還。你爸的退休呢，也沒辦下來。等你爸那退休錢下來了，你三姨的錢我晚還，先拿給你，由著你辦，行吧？」

棟樑的眼睛一下立了起來，又圓又小的豆粒眼睛，立起來，也挺嚇人的。他說：「我爸那錢不下來，我就結不成婚了唄？」

棟樑一米八的大個子，站在小屋內，像一尊鐵塔。他遮住了陽光，也讓端著麵條看他的亞傑仰得脖子發酸。

「你就不能坐下說？來這總像且（客）似的。」亞傑想和他慢慢商量。

棟樑瞅了瞅靠牆的塑料椅，上面都是頭髮碴子。一把剃頭的轉椅，黑皮面上也是頭髮。他抱著膀，哼哼著說：「不坐了，媽你給個話，結不起我不結。」

說完，人已經移向門口了。

「不怪你三姨說你像大少爺，擺譜！」亞傑生氣了，顧客還沒嫌她呢，而自己的兒子，來了這從來不坐，總是嫌這嫌那，每次來都是站著說，說完就走。老三說她們母子不是一個階級的，還真讓她說著了，就是黑爪子掙錢白爪子花！

一回頭，一個農民工模樣的人走了進來，好不容易有了個顧客，亞傑的眼神和表情一下轉得急，由憂憤，變得熱情、親切，甚至，有幾分巴結。這樣的交替，她兒子都看不下去了，他煩母親這樣，煩她掙錢不要命，更煩她把顧客當大爺。皺著眉說了句「我走了」，掀簾脫身。

淡季裡難得來一顧客，亞傑讓他坐，先歇歇，問他：「要不要喝杯水？」

那人坐下來，說：「行。」

亞傑就給他接了一杯溫吞水。平時，亞傑捨不得耗電把水完全燒開。

待那人把一杯水喝光，才說：「大姐，有頭髮某（沒）？」

亞傑的脾氣一下子就不好了，她用手向外搧：「走走走。」

河南人借收頭髮偷東西，她上了好幾次當。

生意沒成，還搭了一杯水。亞傑賭氣地再坐下來，狠狠杵著那碗帶頭髮碴子的麵條，涼了，還有點砣；她拿壺往裡加了點溫吞水，頭髮碴子又漂起來了——這回她看清了，確實有一層，不怪兒子說。亞傑用筷子篦住，往池子裡倒水，頭髮碴兒隨水溜兒漂走了不少。再試一次，又篦出去一些，但終究篦不乾淨。亞傑看著黑是黑、白是白，突然沒了胃口。

呆望著窗外，發起愁。兒子又要結婚，還去歐洲，現在的年輕人，真是不得了，你不知道他想出個什麼道兒，就讓你懵半天。新交的這個女朋友，小于，她還沒見過。棟樑說小于有車有房，父親是做買賣的，家裡非常有錢。所差的是結過一回婚了，有一小孩。

亞傑看出來了，現在的年輕人呢，結婚行，當玩了，但過日子，是誰也不將就誰的，有一點不合適，吃虧了，說散就散，根本不顧及老人為他們花了多少錢。哪像她們這輩子的人啊，把婚姻，當了日子，一過就是一輩子。

門簾處又有光影一閃，亞傑以為又有顧客了，趕緊去掀簾子。結果是亞光和家蓓。

10

亞光是從家蓓的學校回來的，要高考了，老師勸她們棄考。家蓓的成績實在太糟糕了，除了英語，語文、數學都不及格。老師告訴她，家蓓喜歡的那個男生，成績也受到了牽連，從全班的正數，變成現在的倒數。老師給她們指出了很多路，有些成績不好的同學，男生去當兵了，女生去職校。「當兵是一條路，讀職業學校也是一條路，還有，出國留學。去國外讀大學，就是花點錢，那兒的教育，跟咱們不一樣。很多在國內讀書不行的孩子，去了外頭，倒好了。」

小周老師的目光，和嘴角兩邊的白沫，讓亞光終於有了勇氣，她瞬間就不再焦灼了，而是輕鬆、解脫。此前，她還想讓家蓓熬到畢業，現在，她突然想，如果早晚是這樣，何不早些呢？她向老師點了點頭，說：「行，我把家蓓領走，不考了，不影響人家那孩子了，也不影響你們的總成績。」

小周老師說不是那個意思，他沒想到亞光答應得這麼痛快，他倒有些慌亂了，兩隻手一下一下搓起來，不知該怎麼安慰這個看似平靜實則灰心的母親。

亞光拍了下家蓓，讓她去收拾書包。亞光說：「今天我們先走，週末，再來拿行李。」

小周老師急說：「行，行，什麼時候拿都行。畢業證呢，肯定沒問題。」

亞光說「謝謝周老師」，就牽上孩子的手，走了。

一路上家蓓小心地看媽媽的臉，她覺得平靜之下也許有雷霆之怒。可是媽媽一直很平靜，還拉著她吃了肯德基，然後，開車來到大姨這兒。

大姨這兒哪都好，就是頭髮碴子太多，埋汰（髒）。家蓓進了門，像每次那樣，大姨要求貼個臉兒，這一親暱動作，是她小時候就養成的，大姨對她，比母親待她還親。大姨人窮，但脾氣好。家蓓總覺得大姨和大姨父倒像她的父母，而媽媽，像一個客氣的姨。

貼一下臉兒，家蓓覺得有頭髮扎，她對著鏡子，往下捋擼頭髮。

「這小多多，越大越像你媽，事兒多。」大姨嗔怪。

家蓓做個鬼臉，吹了吹塑料椅子上的頭髮碴兒，坐下來，專心致志翻她的畫報了。上面的每一款髮型，都是她喜歡的。但她知道，大姨做不出任何一種。媽媽都說了，你大姨剃個板寸還行，讓她燙頭，那是把頭髮交給她糟蹋呢。

亞傑問她吃沒吃飯，亞光說吃了。又反問大姐吃了嗎，亞傑說吃了。她知道，如果把那碗有頭髮碴兒的麵條再端出來，讓亞光看見，肯定比兒子批評得更嚴厲。

不晌不夜，也沒打電話，就來了，有什麼事兒呢？「多多不是上學嗎？怎麼出來了，今天也不是禮拜天。」

「大姨，別叫我多多了，我現在叫家蓓，孟家蓓。」家蓓在一旁訂正。

「這孩子，我說她越大事兒越多，我就叫你小名兒。」

「小名兒也是家蓓，我不叫多多啦。」

亞光心怪大姐怎麼那麼粗心呢，這孩子都大了，「多多，多多」的，如果她明白了當初的含義，會多傷心呢。亞光岔開話，說：「家蓓不念了，不參加高考了。」

「咋？不上大學了？現在的大學不是挺容易上的嘛。」連亞傑都知道現在的大學拿錢就上，考多少分都有學上，容易。

家蓓快速地翻完了畫報，一扔，說：「你們聊吧，我出去玩啦。」

亞光感到這孩子心裡長草，有事兒。

「是，三本學校都招不來生，拿錢就收。可我不想花這個冤枉錢了，聽說一學期都沒幾節課，錢白花，孩子也耽誤了。」

「那，咋辦？去哪兒？」亞傑迷惑了。

「我想讓她留學，出國。」

「老三，這你可要想好了，出國，那可不是一個錢兒倆錢兒的事兒。剛才我家那要帳的，說去歐洲，走一趟就得三四萬。多多要去哪兒念書，我的媽呀，一個房子錢也打不住吧？」

「是呀，我想把房子抵押了，供她讀書。說不定像老師說的那樣，出去了，倒好了呢。」

亞傑嘆了口氣，不再接話了。人家房子都抵押了，也缺錢吶。欠的三萬塊，還有辦退休那五千，都沒給人家呢。看來今天，是催帳來了。

亞光說：「大姐，老家那邊，田琳給盯著呢。我姐夫的事兒，她說一有消息，馬上就來電話。」

「是啊，都這麼長時間了，也不知啥時候能辦下來。」

「家蓓出去念書呢，錢是分批的，也不用一下匯完。我想了，現在的錢貶值這麼厲害，房子買不成，供她出去讀書也划算。」

「還是你有錢呢。」亞傑再次嘆了口氣，「老三，你缺錢，我也知道。可是剛才，棟棟還跟我說，要結婚呢。這回，不辦了，說要出去，什麼歐洲，得三四萬塊。我知道一說了這個你準不贊成，可是，剛才我說拿不出錢，他生氣走了。」

亞光一下笑了，冷笑，接話接得極快，她說：「贊成，怎麼能不贊成呢，我舉雙手贊成。他出去玩，長見識，好事兒啊。可是，他不該再跟你要，他都工作幾年了，出國遊玩、再結婚，由他自己想轍啊。他有本事，別說歐洲，就是美洲、非洲七大洲都走遍了，我都贊成！絕對贊成！」

「老三你別說我，你對家蓓，不也這樣嗎？抵押了房子讓她留學，不比我花得多？哪個當媽的不這樣兒，當媽的就是賤！」

「家蓓跟棟棟一樣嗎？」亞光問完這句，滿胸膛一下變成了黑洞，一個巨大的，無底洞，黑了、暗了、空了……

11

回到家，亞光開始幹活。她一邊幹活，一邊想起一個老女人，沒有丈夫，沒有孩子，她每天晚上，用一把銅錢，撒到地上，再摸著黑，一個一個拾起來，再撒，再拾。把自己累疲倦了，才能熬過她一個又一個漫長的夜晚。那個可憐的老女人，用銅錢，而亞光，用勞動。

年輕時沒覺得，近幾年她才猛然發現，狠狠幹一通活，不停地做家務，把所有活都幹了，幹得地上沒有一根毛髮，屋子乾淨得，沒有一絲塵埃，這，是一種不錯的睡眠方法。她記得有一次跟成萬平生氣了、傷心了，她就戴著兩隻塑膠手套，把房間的每一個角落，包括床下的灰、櫃子的後背，都擦拭得乾乾淨淨——從夜晚一直幹到天明。

家蓓小心地觀察她，看媽媽幹活，她也跟著忙，邊忙邊找話，問媽媽，真讓她出去留學啊？「房子抵押了媽媽你住哪兒啊？媽媽我不想出去，我考不上好大學，我可以工作。」

「你能幹什麼呢？」

「幹啥都行。掙錢就行。」

家蓓用眼睛瞄著桌上的手機，「叮」的一聲，有短信進來，她拿起翻看，說：「這破廣告，總騷擾。」

亞光說：「你沒文憑，哪個工作要你啊？」

家蓓反問：「沒文憑就不能工作了？那些農村來的孩子，不也都是初中畢業？連高中文憑還沒有呢，照樣兒幹活吃飯。」

「她們端盤子、洗碗，你能？」

「能——啊。」後面的「啊」拉得很長。

「你是這麼想，等你真幹上了，用不了三天，你就得回來。再說了，你小時候跟媽媽沒少吃苦，媽媽沒給你幸福的生活，現在，想讓你好點。」

「對我好就是把錢都花給我？」

「是也不是。小時候，媽媽掙錢少，連把香蕉都捨不得買給你吃。」亞光一說這個，心裡還發酸。

家蓓沉了沉，問：「那你告訴我，我爸爸是怎麼回事，他在哪呀？」

「你總說等我長大了再告訴我，現在我還不算長大嗎？」

亞光正墩著地的手，停下了。手中，不再是一柄墩布（拖把），彷彿千斤重的鐵錘，她拖不起來。這孩子，怎麼又問起這個了呢？小時候，她也問過，但問得囁嚅，現在，她大了，問得理直氣壯。

「媽媽，跟你說了吧，我學習成績不好，就因為這個。我每天，腦袋裡都胡思亂想，我不知道，我爸爸為什麼從來就不想見見我？」

亞光拄著墩布柄，啞張著口。那個人，在監獄。她能告訴女兒，那人是強姦犯？坐了監，他什麼時候出來，現在是不是死了，她都不知道。家蓓小時候，她說過她爸爸是當兵的，在邊疆，很遠，回不來。也不能一輩子都回不來呀。現在，她什麼也編不出來了，家蓓大了，她就是個張口結舌。母親沒死時，她還捍衛，還想讓肚子裡的孩子有個結局。母親生生被她氣死了，那個夜晚欺騙了她的男人，也暴露在光天化日。她離開了老家，再對人說，不是說離婚的，就說孩子父親早死，要麼，當兵去了。當兵這個神話，主要是編給女兒聽，讓她有個念想，她那麼小，告訴她父親早死了，這個她不忍。現在，她感到左右為難——

「嘭嘭嘭」，有人敲門。家蓓走過去趴門鏡，「是成伯伯。」

沒打電話就來了，亞光快速調整情緒，走過去開門。

成萬平說中午學校有活動，頭暈就來這了。

「喝酒了？」

「學校搞活動，接待一個毛頭小夥子，譜兒倒擺挺大。」

家蓓抓過手機，一看家裡來人，她就解放了。她說：「成伯伯你跟我媽聊，我有事兒出去一下。」不等亞光問她去哪裡，她噔噔噔衝下樓了。

亞光跑到窗前一看，果然有個男同學在等她，瘦瘦高高，見了家蓓，兩人一個搭著一個的肩，一個護著一個的背，扭起來的腳步輕快而有彈性。這個男生，應該就是周老師說的那個王唯一吧？

「家蓓怎麼沒上學？」

「老師說她高考拖別人後腿，我不想讓她念了。」

「也出國？」

「正這麼想。」

「唉，比我富哎。」

「冷嘲熱諷！不富怎麼辦？看著她小小的年紀上社會混？文憑都沒有，咋混？」

成萬平一隻胳膊伸上來，說：「別火兒，別火兒，我沒有諷刺你，我是讚揚你。看看我周圍，老師家的、校長家的，問到誰頭上，孩子差不多都送出去了。出去是一條路，我是沒本事、沒錢，我有錢，也送成吉思出去。」

一提到他的兒子，亞光就黯然了。成吉思跟家蓓同歲，家蓓是學習不好，成吉思是生活不好。十八歲了，基本自理能力都沒有，倒不是身體有障礙，就是從小沒了母親，他姨、他姥姥，都拿這孩子當嫩丫兒養，七八歲時，說哭就哭。十來歲後，不讓他爸爸找女人，家裡不能進外人。十五六歲，姨和姥姥也不能離開身邊了，他上學、放學，都要人接送。十七八了，還不敢獨自睡覺，他爸爸一個晚上都不能缺席。這，也是孟亞光跟成萬平，一家兩過的原因。

那是一個沒病給慣出病的孩子。

成萬平換了拖鞋，洗漱乾淨躺下來，說：「別忙活了，一起休息一會兒。」

亞光把墩布洗淨掛起來，洗了手也躺下。

她真是太累了，有成萬平在，放鬆身心躺一會兒，是她目前最幸福的生活。她不明白，自己的日子，沒有男人的日子，怎麼那麼精神啊，腦子裡像點了無數盞燈，全身的神經也都亮著，掉根針都聽得見。有成萬平在，這個世界一下就混沌了，踏實了，她也像一盞大瓦數的燈，點了太久，終於可以熄了。

亞光問他：「誰來啦？」

成萬平說了一個年輕名人的名字，來高校，和學生們互動，交流。「昨晚就來了，又是吃飯又是嚎歌兒，然後又喝咖啡，折騰到快一點。現在這世道啊，文化不文化，娛樂不娛樂。」

「你們折騰到那麼晚，你前丈母娘、前姨姐沒有訓斥你嗎？」

成萬平說：「你這個女人呀，就愛吃醋。這要是在古代，家裡有幾個姐姐妹妹的，還不把你氣死，哼。」

亞光說：「氣啥，我也給你找幾個哥哥弟弟，大家一塊樂。」

成萬平笑了，說：「你就是嘴上功夫，一說下流話，可嘮不短你了。」

「哎，對了，腰帶你買了嗎？」亞光問。

前幾天她腰帶孔眼豁了，成萬平說給她換一條。

「哎呀，我忘了。」

「不買拉倒，不買更好，不買，就喻示著城門——」不等她說完，成萬平俯上身來臉逼臉、鼻尖對鼻尖：「喻示什麼？你這個只會嘴上撩騷兒的女人。」

亞光邊推他邊笑，說：「那不明擺著嘛，腰帶相當於一個人的城池，一個女人腰帶都沒了，那當然喻示著，哦不，象徵著，象徵——」

「比完城門又比城池。」——成萬平寬衣解帶，打算用金風玉露一相逢來破解。亞光兩隻手和他扭作一團，因為笑洩掉了力氣，但她依然死死相抵，力氣堪比大力馮婦，成萬平都扭得費力了，扭得成萬平終於氣喘吁吁，覺得累了，索然，放開了她的手。

這是一個心理有疾的女人。多年來，喜愛他的身體，依戀他的臂膀，願意躺在他身邊，安眠。但是，真的火熱，那不是她需要的，嘴上的浪話卻說得歡。

——累了的成萬平，用書蓋著臉睡著了。亞光倒不睏了，她躺著，看天棚，成萬平心裡想什麼，她都知道。自己是怎麼回事，她也清楚。腦海中，黑白老電影一樣過起了她們四姐妹的生活……

大姐最苦，可她的婚姻最牢固。幼時聽父母的，結婚聽婆婆的，同時也得聽丈夫的，兒子長大，又聽兒子的，三綱五常，在她身上又多落實了一綱。

大姐和二姐同一父母所生，同一環境成長，但精神倫理觀，卻是那樣地不同。大姐就像舊社會的女人，甘願受婆婆的氣，甚至小叔小姑的，如果娘家人指出這些，那比批評她自身更讓她憤怒，她能瞪起眼睛來爭辯，眼珠都氣紅了。而二姐，在這些問題上一直是看笑話的、隨聲附和的，還添枝加葉湊材料，供大家恥笑。大姐的一生對於章家就如同一老媽子，但她心甘、無悔，也無怨。而二姐，當初惹惱了婆婆，如果在婆婆的威勢下，她能稍稍低頭，略微受氣，日子，還是有得過的。但她，潑髒水不惜倒掉孩子，寧願玉碎不在乎瓦全。

因為這樣，她一生都沒再找到如意的婚姻。現在，亞明是個虔誠的佛教徒了，偷偷在家信善，她畢竟是黨員幹部。亞明家房子大，單獨設了一間佛堂，香煙繚繞，羅漢床，打坐墊兒，跟真人一樣高的幾尊大佛。求官、求財、求婚姻，佛有時真顯靈，除了婚運沒給，其他的，基本如願。

其實亞明沒有再婚也怨她自己，她都那麼富有了，財政廳的女處長，可是每每有人給她介紹，見面，她往往一頓飯就能把男人嚇跑。跑掉的男人，都嘀咕：「這處級幹部也不過如此，官兒多大，只要她是女人，就願意花男人的錢！財政廳的手面大，養不起。」

最近，亞明常給亞光打電話，探討佛的問題。她本來是個胳膊折在袖子裡的人物，家醜不願說。可是博天的婚禮才舉行半年，兩人都上過四次民政局了，要離婚。她跟亞光嘆息：「難道這婚運，也遺傳？」

亞光安慰她：「不會，大姐跟大姐夫那麼瓷實呢，她兒子不是照樣離婚？你說他是隨誰？是這個時代出了毛病，一個孩子，生態圈兒，破壞了。」

這時候，亞明就追根溯源，又恨上亞麗了。她說：「當初，我連個耳光子都沒捨得摑給她，可她害了我一生。不是看咱媽，我早一剪子鑹死她了。」

這就是亞明的狠毒和自私了。亞麗過得好嗎？因為魯韋釗那禽獸，她的一生都毀了，孀不孀，寡不寡，比亞明又好到哪裡？

四姐妹，除了大姐，看似固若金湯，可她過著牛馬不如的生活。另三個，沒有一個婚姻完滿的。聽著成萬平的呼嚕聲，亞光往他身邊靠了靠。家蓓的父親之謎，沒有跟任何人提起，包括閨密田琳。那時，她還是一個小印刷廠的校對工，下夜班，被侵害，什麼都不懂，直到，孩子成了形，直到，有了胎動，成了嬰兒……。母親逼問她，不是想氣死母親，實在是，那時，她還抱有幻想。那個人，她認識，是廠裡的，白天還幫助她。那一場不幸，磐石一樣壓了她好多年，直到看了作家史鐵生的書，裡面說，這世界上，有很多事兒，它好沒影兒的，就讓你攤上了，比如疾病，倒楣……是沒有道理的，你攤上了，就攤上了。

——攤上了，這個「攤上」，讓她此生唯一警惕的，就是對女兒的保護，保護她的青春，保護她的健康，保護她初戀的美好——成績不好算什麼，上不了名牌大學又有多少緊要，只要她的一生，沒有心裡堵著塊石，其他，都可忽略不計。

12

早晨，亞光在電梯裡相遇了一老太太。電梯正在下降，突然停了，一秒鐘後，又上升，升了兩層，又重新開始降——男女老少，臉皆嚇白。好在，電梯上升和下落都不算快，有險情，沒傷亡。落到一層時，老太太說：「不能就這麼就拉倒，我們繳了那麼高的物業費！」

其他幾個也應和，歷數哪天哪天，電梯的門打不開。哪天哪天，電梯摁鍵又不好使了。連沒乘電梯的人也加入進來，批評電梯的質量，擔心哪天咕咚一下落到底兒。老太太的指責頭頭是道，她指出：「電梯裡面應該安上扶杆、把手，一旦像剛才那樣，大家的腰和老骨頭都能保住……」亞光欽佩老太太的見識，專業，她好奇地問：「大媽是做什麼的呀？」老太太告訴她退休了，部隊家屬。再一聊，老太太的女兒，竟是亞光上級單位的，這就親近了幾分。待別人散去，她們還邊走邊聊。臨分手，老太太告訴她，自己是教徒，有信仰的人。並約亞光週末一道去教堂，聽《聖經》。

亞光說：「這段忙，待忙完，一定去。」

七月真是個讓人上火的季節，劉衛東那裡，遲遲沒有消息，幾次問田琳，田琳也正焦頭爛額——她的第三任丈夫鬧危機了，當初說好她女兒在外讀書的費用，由他來管，現在，嫌多了，撐不住了，他倆正每天討論分手。

亞光坐在辦公室，又給劉衛東打電話，前幾次還說「快了，快了」，後來是「行了，行了」，再後來，不耐煩地說：「給你辦就行唄，天天催啥！」

她現在最怕接的，是大姐的電話了。債權和債務的關係，她和大姐好像掉了個個兒，亞光像欠債的，亞傑是討債人。怕大姐催，她把大姐的號兒設置了個「暫時不在服務區」。此時，撥通劉衛東，那邊傳來的也是「暫時不在服務區」。

辦公室通知下午兩點開會，又開會。她中午回家，家蓓正在看電視，見亞光回了，趕緊拿起雅思教材。此前，她曾告訴媽媽，王唯一故意考砸了，也在複習英語，他打算跟她一起留學。

這個消息讓亞光呆怔了半天，她是砸鍋賣鐵供女兒留學的，補贖她沒有父親的歉疚。而女兒，沒有這個男同學做伴，她是不願意去的。即使到了那裡，指不定哪天，她也得回來。

看來，光有錢的支撐是不夠的，她缺的是父愛。

下午的會，原來是宣布的會，喜慶的會。書記高升了，到教育廳機關，一棋動，全盤活，那些內心努力的，都沒白忙，都有了被考察的資格。一被考察，就是不二人選了。錢副主編落敗，孫副主編勝出。

那個美麗的女處長還是坐在中間，這次，她穿了件白紗，還是那麼高貴，那麼典雅，兩隻小手依然捧著腦袋，高傲地埋著頭，不動聲色。極精緻的淡妝，處處細節都有講究。亞光陰暗地想：「天天描眉畫眼，染髮、做髮，開會，坐主席臺，出席這個、參加那個，也不嫌煩？演員天天化妝，粉底油彩都把臉皮催老了，她們這樣沒完沒了，就沒夠？就是天天吃餃子，也沒意思啊。」

名單宣布完了，領導講話完了，依次，各官兒都表態完了，最後，又是女處長「做總結講話」。她拿起事先已打印好的講話稿，清了清嗓，開始唸起來——誰唸都枯燥，誰唸都費唾液。亞光有些悲憫地看著她，也不容易啊，替別人唸稿，空洞無味，難為她了。亞光開始東張西望——那個接近退休的老男人，還是那麼舒展、那麼放肆——倆腿叉著，後背仰挺，怎麼舒服怎麼坐。錢副主編呢，一直低頭擺弄手機，後來，她好像突然清醒過來，不能這樣，不能讓別人看笑話，喜怒不形於色，這才是當官的潛質。這樣想著，她真的換上一張笑臉，像那些被考察者一樣，喜氣洋洋的。領導講話，她積極拍巴掌；領導宣布名單，她熱烈祝賀。一張張表情生動的臉，看著都挺高興，可是內心，又有多少人在切齒？這個叫單位的地方，有點像日久的婚姻，不，它比婚姻更可怕，婚姻裡彼此厭惡了，過夠了，還能散，而它，要一輩子維持！從這一點看，它比婚姻更殘酷。同事之間、上下級之間，一年又一年，相互的瞭解比夫妻更深，每個人什麼德性，幾斤幾兩，誰都騙不過誰。糟糕透頂的婚姻有分崩離析的那一天，而單位，差不多搭上了每個人的一輩子。惡霸領導、宵小同事，耗到對方退休了，你的一生，好時光，也就差不多了——單位是個比婚姻更令人絕望的地方。

13

第一季，家蓓的雅思考試竟得了出乎意料的分數，高達七分。這孩子，如果有興趣，成績是不差的。亞光給大姐打電話，告訴她家蓓的成績，言下之意，還是催她還錢。

大姐那邊另起頭兒，問她：「退休的事辦得怎麼樣了，都大半年了，行不行，得給個準話兒呀。」

亞光說：「我比你還急，那五千，還是我墊的呢。」

大姐就柔道一樣說：「我知道你急，等下來了，大姐一分不少，都還你。」

亞光心裡發虛，她擔心，如果辦不下來，那五千的損失，算誰的呢？她能去找田琳要嗎？

亞光把電話又打給了劉衛東，那邊依然是「暫時不在服務區，請稍後再撥」。她再打通田琳，還沒等說話，田琳的哭腔傳來，她說她女兒回國了，學費斷了，一百萬都出頭了，書還沒念完。「嗚嗚嗚——那可是一百萬啊！」

亞光握電話的手，驚出一手心的冷汗。

14

週六早晨，亞光正愁家蓓的事兒，「哐哐哐」，那個老太太來敲門，她請亞光去聽《聖經》。亞光沒有絲毫猶豫，就答應了。她現在的腦子、心情，都想找一處清淨之地，安一安，放一放。

家蓓樂得媽媽出去，她一走，家蓓立即鳥兒一樣，自由快樂地飛了。

在老太太的指引下，亞光開著她的小ＱＱ，七拐八拐，穿過幾個老舊小區，在一處僻靜的岔道上，看見歪脖樹上掛著一個小木牌，上面用紅漆刷了一個大大的紅十字——這一場景跟亞光心目中的教堂可真是相差太遠了。一個披著白布罩子的人來幫她指揮停車——狹窄髒亂的小區連自行車都沒地方放，疊堆在一起，總算停靠了。亞光以為他是隔壁理髮店的，這麼熱心幫忙，心下感激。等進了教堂屋，才明白，這個披白布罩的人，是唱詩班的。他們身上穿的是聖袍。

很熱，沒有空調，百十號人，一個挨一個坐在連體的塑料（塑膠）椅上，有小孩鑽來鑽去玩。有人給她倒水，有人叫她姊妹，前面講經的女士，老太太介紹說是一個什麼大學的老師，每週義務來給大家講經。

女士先唸了一段《聖經》，釋義禮拜天的由來：「上帝說，這世界上要有光，就有了光；要有水，就有了水；要有空氣，就有了空氣……。」她每唸完每一句，大家就說「阿門」。亞光不明白「阿門」的意思，是相當於佛教裡的那個「阿彌陀佛」嗎？這時候，女士離開經本，再講的就通俗易懂了。她說所有的教派，都是不可信的、是假的，比如佛，那就是一塊泥巴，捏成了人，你把他供起來，供得再高，香火再旺，他能保佑你坐上挪亞方舟嗎？

結論：天父才是大家的神。

休息時間，亞光想去個廁所，有幾個人攔住她，有向她推銷《聖經》的，有讓她打一針維生素D的，說補鈣，一針才一塊錢。還有一個人抱了個空殼箱，上面寫著「自願捐款」，舉在她面前——她不情願又不好意思的，放了一塊錢，藉著上廁所，開上她的小ＱＱ就溜了。

15

成萬平來電話，他的兒子去外地上大學了，由他姥姥陪著。成萬平也請了假，要去那邊住一段時間，「否則兒子不適應」。走前，來跟亞光告別。

兩人都不傷感，都認了命。說起各自的孩子，成萬平還開起了玩笑，說他家是皇姓，成吉思汗的後代，兒子現在看著弱點，將來，錯不了，成吉思汗呢，蒙古王，真正龍的傳人。

亞光呵呵笑了，說：「要是那樣攀，我就是孟母了。」

成萬平說：「嗯，你厲害，偉大的孟子母親，三遷都遷到國外去了，全地球，都由著你遷。」

吃飯時，亞光告訴他，《劍橋中國史》還沒看完，得等一段時間。成萬平說：「送給你了，不用還。女人愛看書，不是壞事兒。」

亞光又說：「昨天看到一句話，深有同感。那句話說，一個人的富足，光有金錢是不夠的，要看他的心靈能容納下多少與己無關的東西。」

成萬平笑了，他嘻笑著說：「若按這個標準，那些三門婆子最富有了，她們天天東家長西家短，專操心與己無關的事。」

亞光說：「這是你的狹隘。怎麼跟她們無關呢？最有關了，恨人有，笑人無，她們天天都在比這個。我指的是另外一些人，魯迅說的脊樑什麼的。」

成萬平再一次笑了，他笑的目光是憐愛又友善的，他在心裡疼愛這個總跟他談精神的女人。但嘴上說：「我認為金錢的富足就是硬富足，真富足。兜裡有錢，老夫也做做孟子他爹，把兒子遷到國外。老漢我也出去轉轉。」

……

他們已經好久沒這樣拌嘴了，物質和精神，永遠不能兩全。但物質有限，精神無窮，有成萬平的東聊西說，雖然都是反著來，但孟亞光覺得她的生活無比快樂，精神的天空遼遠、清闊又有意思。和成萬平在一起，是不是就是古人所謂的「書中自有黃金屋」呢？——

富家不用買良田，書中自有千鍾粟；
安居不用架高堂，書中自有黃金屋；
出門莫恨無人隨，書中車馬多如簇；

娶妻莫恨無良媒，書中自有顏如玉。……

心中有，便什麼都有……

16

深冬了，亞光站在臥室的窗前給大姐打電話，室內信號不好，她對著窗外，待手機格兒滿了，才撥。那邊通了，大姐說：「唔，老三。」

亞光告訴她：「大姐夫辦退休那事，砸了。劉衛東已經不是局長了，上面正審查。」大姐一聲不吭。亞光說：「那錢，我不要了。算倒楣。」大姐才又「唔」了一聲。

亞光又說：「但是，那三萬，你給棟棟結婚借的，要還。他歐洲也去了，旅行也旅了，他手頭，肯定有錢。你就跟他倒一倒吧，我需要。家蓓這次沒走成，還要去北京，補習一段。我手頭缺現金。」

大姐說：「老三呢，兒孫自有兒孫福，家蓓又是個姑娘，你花那麼多錢送她出去幹啥呢？有那錢，賠送她當嫁妝，打著撲嚕的用，都使不完。不像我，養了兒子，得管房、管娶媳婦的。這輩子養了兒子呀，就是養了前世的冤家，且得還呢。還有你姐夫，這退休辦不下來，我們又要倒貼錢。你姐我這輩子，是欠他們的了，捨不得吃，捨不得喝，口挪肚攢——」亞光把手機放到了窗臺，她已經聽夠了大姐的哭窮——窗外，冬日的浮雲又清冽又乾淨，她又一次想到了不老的蒼天和不幸的人間。所以，上帝才要有光、有水、有空氣。……

突然，她發現樓下，那個走步像彈簧的女孩，不正是女兒家蓓嗎？她和身邊瘦高的男孩，一個搭著一個的肩，一個護著一個的背，年輕的背影健康而美好——這世界上要有光，要有水，要有空氣——姑娘要有愛情，女人要有婚姻——後兩句，是亞光給加上的……

——二〇二〇年四月二十九日

——二〇二四年春，再校

說來話長

所有的事最後都會變成好事，如果它還沒有，那是它還沒有到最後。

——題記

1

馮塵跟楚紅衛說分開的時候，楚紅衛還以為他又在明修棧道，為下次議和飆籌碼。她嘴角微翹，不以為然，內心，卻是對老馮的蔑視加諷刺：「一隻箱子打天下，箱子進，箱子出，像夾著個包袱的女人。你一個大老爺們兒，還有理了？」

——在馮塵的腿邊，是一隻棕色的老帆布箱，四角的鐵片已磨得鏽蝕，遠遠地立在那兒，像一截廢棄的小鐵軌。

楚紅衛「喊」了一聲，像是被馮塵聽到了。他的嘴角，也翹著，是肚子裡藏著冷笑的那種冒漾翹，他在心裡說：「你個傻娘們兒，我讓你狂，你可以先狂著，抖擻著，有你哭都找不著墳頭兒的那天！」

兩人沒說什麼話，氛圍也不是離婚，如果讓鄰居看來，這就是一次非常平常的男人出門遠行。可楚紅衛還是感覺出那麼一點兒與以往的不同——雖然馮塵表面還是那麼溫吞的，不悲不喜，但不動聲色中，那整體的勢，比如肩頭、脖子，包括頭髮梢兒，都像冒了點東西。是什麼呢？暫時看不見、說不清，但是，一定是有的。

人隨箱子共進退，箱子來，箱子走，這是他們多年的生活狀態。昨晚，楚紅衛半夜醒來，突然發現馮麈睜著眼，他沒有睡，斜倚床頭。近期這樣的姿勢出現過好幾回了。馮麈年前剛提拔，培訓中心的主任，日子正烈火烹油，他怎麼還失眠了？

「咋不睡覺？」她問。

馮麈沒有回答，用右手拄著臉，狀似思考，也有憂慮。

空氣中冷凝著寒涼，和一種說不清的陌生。

按說現在是春天啊，屋內並不冷。

楚紅衛又滑入了常規，日常的對話渠道，她說：「我看你這陣子是吃得美也浪得歡，你怎麼還睡不著了？」

她在仿《白鹿原》中諷刺的鹿子霖，剛當保長那會兒，天天有酒，又美又浪的。書中原文是：「這一陣子我看你是喝得美也浪得歡！」——這樣的話她早就想對馮麈說了。

馮麈沒少讀書，擱在往日，她這樣說，他會回懟出更精彩的俏皮話。每每，他們都是這樣。年輕時的窮日子就是這樣過來的。那時，馮麈沒錢，也沒有居所，更沒有什麼職務。他只有一肚子的學問，和一身哈拉皮帶板筋的脾氣，加一張巧舌如簧討女人喜歡的嘴……。愛金錢更愛文藝的楚紅衛，就是這樣忽略了金錢盲從了藝術，而和馮麈領證結婚的。

她當然要領受附送的貧窮。

那時精神愉悅大大遮蓋了貧窮，他們無論是對話還是吵架，常常像說相聲，有來言有去語的，哏和橋段比臺上的包袱還多，別人不明就裡，她們自己已不能自持地嘎嘎大笑。

很是自得其樂。

此時，馮麈已不跟她說相聲，根本沒有順著她往前滑的意思，不接茬兒，不抖機靈。大半夜的，你好意思自己說單口兒？冷場了有那麼幾分鐘，楚紅衛的笑已泯回去，馮麈才正色地嘆了口氣，然後鄭重地，說：「我家有困難了。」

什麼困難呢？楚紅衛沒有問，但問題已懸在黑暗的屋頂。

「房子塌了，得錢修。我爹我娘，也不能不管。」

楚紅衛一下就不睏了，她蹭地坐起來，坐得很正，大聲問：「你想要錢？」

馮麈沒有吱聲。黑夜遮著窗簾，什麼都看不見。但楚紅衛想此時的馮麈臉一定是白的。很多人情急，都臉紅，而馮麈，一緊張就泛白。紙一樣白。

「你想跟我要錢?!」楚紅衛再問一遍，像她不相信這樣的事情會發生。

馮塵點點頭，說：「我需要錢。」

楚紅衛冷笑了。她笑得不相信。他們從認識，到一起生活，馮塵就沒給過她一分錢。他給她的是一幅藍圖：他現在是沒什麼錢，工資存下來要給兒子上大學。待馮博大學畢業，工作了，他的這堆這塊，連同錢，就都歸楚紅衛了。

那時，楚紅衛買的房，楚紅衛裝修，一切，都由楚紅衛來。現在，他這堆這塊剛歸沒兩年，又要擬訂新條約？真不是個東西啊。楚紅衛心想。

馮塵說：「你也不用害怕，我不是要你錢。我是怕耽誤你。我自己家裡的事，由我自己處理。」

楚紅衛望著房巴，那意思是：「你怎麼處理？」

「明天，明天我就搬出去。」馮塵一口氣終於吐了出來，像是卸了包袱。

「搬出去？搬出去不就是離婚嗎？」楚紅衛眨嘛著眼睛。從前，十幾年的時光，老馮已經搬出去過無數次了，有時因為錢，有時因為他的同學會女同學。搬出去又回來，憑著他的好話，和願打、願罰的好脾氣。可是今晚，他的搬出去，似與從前大不同。

馮塵繼續說：「不光我爹我娘，馮博那邊，找工作、買房子，都等著我湊呢，那不是一星半點兒。」

楚紅衛出溜兒一下就躺下了，她想罵騙子，罵他臭不要臉。當初，他可不是這樣說的！如果這樣說了，再傻的女人，也不會上這個當！

馮塵說：「我知道你在想啥。唉，當初是當初，現在是現在。世界變化快，誰又能料到呢。我搬走，再也不打擾你了，也是不耽誤你。」

「當初你怎麼又打擾我又耽誤我？」楚紅衛很憤怒。

「當初，當初不是年輕嘛。好漢不提當年勇。」

馮塵的輕佻同樣沒引來楚紅衛和他說對口，相反，她此時對他的油嘴滑舌又鄙夷又痛恨。她說：「我看你就是兩粒豆瓣兒剛支住牙，就撐得不知姓什麼了。更不知道北在哪！這就叫窮人得不了狗頭金！」

早晨，馮塵早早地起，像趕火車一樣拎上箱子就要走。楚紅衛平時孫二娘慣了，她不擅伏低做小，此時，雖然心裡難受，也只耷著眼皮兒，問：「這回想好了？」

馮塵說：「沒啥想的，這日子都在那擺著，沒法弄。」

「那，當初就有法兒弄了？」

「看，又來了，車軲轆(嘮叨)話咱不說了好不好？當初是當初，現在是現在。是我不好，行了吧，我知錯。我走了，你可以好好挑挑揀揀，挑那有車、有房、有權、有勢的找！」——說著，還老幹部一樣要拍楚紅衛的肩膀，楚紅衛怕燙一樣躲開了。她突然很厭惡、很痛恨。從前怎麼就沒發現馮塵的好脾氣裡藏著這麼毒的心腸呢？儘管他的表面，還是那麼溫吞，那麼緩慢，可他下耷的嘴角，分明暗蘊著昂揚；肥軟的肚囊，也深埋著堅定；就連那平日慢晃的四方小步，略微羅圈的兩隻短腿，都走出了輕盈——身輕如燕。

一個勝利者的喜悅，是掩飾不住的，別看他箱子有點重，仄得他身子一歪一歪的。久磨繩斷，水滴石穿，他是做到了。

楚紅衛想。

2

楚紅衛給柳眉打電話，沒等她說完，柳眉就在那邊說：「別難過了，中午一起吃飯說。還是天香閣吧，見了面再說。」

上帝對她真好啊。楚紅衛一想到柳眉，就會想到上帝。自打她來到這個城市，沒有同學，沒有朋友，連父母，都早早地在故鄉就去世了。她和柳眉的相遇，像上帝遞到她手中的一柄火把，在黑暗陌生的旅途，給以溫暖照亮。一晃二十年了，那時她們還是文學青年；二十年過去，中老年婦女依然愛著文藝。這就使她們的生活，出現奇形怪狀。

紅衛進門時，柳眉已經點好了一應。柳眉有著一雙白皙的小手，一口珍貝樣排列緊密的牙，一條窈窕的身段。在她細弱的外表下，是一顆堅強有力能文能武的心，侍候丈夫，接送兒子，照顧公婆，征戰單位，血戰文壇沙場……。如果用世俗的標準來衡量，她很成功，很幸福，很完美。

但，只有楚紅衛知道，她不但不快樂，還極其痛苦。因為文學。她丈夫和兒子都認為她是吃飽了撐的，他們不理解她為什麼要自費出版什麼書，出那個玩意幹麼？又不掙錢，也沒人看。這些話，深深地扎傷了柳眉的心。只有和楚紅衛在一起，她們兩個人一起說說話，說說文學，她那顆受傷的心，才好受一會兒。

柳眉的手腳非常利索，見紅衛進來，揿了桌上小鈴，服務員過來，她一擺手，桌上的東西轉眼就齊了。

紅衛說：「我說上趟郵局，才出來的。大尾巴會還開呢。」

「一樣，我也是這麼說的！」柳眉抿著嘴笑。

她們都在事業單位，都是撒謊出來，「去郵局，去圖書館」，反覆用過了幾百遍。楚紅衛的民俗館有一本內刊，叫《地方戲》，她編刊也寫劇本，舞臺劇《曹操與文姬》曾經轟動一時。楚紅衛的工作環境曾經非常安靜，是一個宜搞業務的好地方。可惜好景不長，那一任專家領導退了休，再上來的，沒有一個是搞專業的。整天把單位搞得鬧哄哄，什麼館升院、上項目、要資金。鄒懷館長，哦，不，現在要叫鄒院長啦，他疊床架屋，愣是把一個清貧小館，整成了香火熾烈的大廟。大家像被鐮刀摟過的草裡的兔子，一刻都不得消停。「沒有外在的平靜，也沒有內在的安寧。」——楚紅衛無奈中常想起這句一百多年前的詩句。

柳眉說都一樣。她們本來是教學的，可現在變成了雜耍，每天被抽的陀螺似的。柳眉的上級是個女人，她說：「這牝雞司了晨，心腸比男人還硬，權力欲更大！」

她們每次見面，深揭猛批，嘲諷上級，痛恨氓群，憂國憂民差不多是常態。可今天，還顧不得這些，柳眉關心的是楚紅衛。當她聽她說完，輕鬆地說：「走了好，走了省事，走了多消停啊。我家那位要是走，我舉雙手，放鞭炮。」

「沒人打攪了，我們正可以安安心心地寫作啊。」

楚紅衛笑了。柳眉的丈夫是她家裡的天，她跟紅衛講過，年輕時，夫妻兩地，窮得她長期貧血，上班帶孩子，累得她抬頭的力氣都沒有。丈夫在外地想調回，扒了幾層皮都辦不成。最後，一氣之下丈夫辭了公職，下海經商！

夫妻團聚後丈夫宣布的第一件事，是要奮鬥，讓她和兒子過上好日子。他是這樣說的也是那樣做的，吃苦耐勞，掙下第一桶金。知道妻兒愛吃魚，他把魚販的魚全部包圓買回家，讓她們一次吃個夠！柳眉說：「他都這樣對待你了，你還能對他不好？」

夫妻如兄妹般的感情就是這樣積下的。

丈夫江山打下了，開始坐享山頭。他整天，就是佛一樣臥在沙發上，對著爛電視劇，從早看到晚。「人家上面哭，他在底下笑，啥都不懂！」柳眉說。

「天天大爺一樣，吃飯都得我端。你說煩不煩！」

「好不容易有個星期天，想安靜一會兒，可他吃奶的孩子一樣，一步不離！又是讓我陪著看電影，又是逛街。我跟你說啊，攪亂我寫作的人，我殺他的心都有！」柳眉咬著她的一口小珍珠牙，這樣說時，逗得楚紅衛直笑。這個又想殺人又要放鞭炮的女人，僅因文學，就是這個樣子。其實，她深知柳眉是多麼愛著丈夫，深愛著家庭啊。為了這些，她比許多女人要付出得多，並且，心甘情願。

紅衛說：「我現在倒是清淨了，可是，靜不下來啊。一個人回到家，面對空空的屋子，如在荒野。」

「你還撂不下他？他哪點好？」柳眉問。

紅衛咬著嘴唇，低聲說：「他哪也不好，我知道。」

「知道還犯傻?!別看他有文化，論男人，他都不如我家老韓。」

楚紅衛沒有反駁。

柳眉瞭解她和馮塵的整個過程。那時外人都不看好，可楚紅衛自己油蒙心，她沒有孩子，有過短暫婚姻。老馮死乞白賴地追著她，是看她的好條件。當時楚紅衛正想到作家協會的創作中心去，但一位領導說：「你們這種關係，國家的政策是不允許的。」楚紅衛的心就收了。雖然那時她的《曹操與文姬》非常火熱。現在，她耷著眼皮兒，祥林嫂一樣說：「我真傻，當初，就不該答應他，一混，混了這麼多年。把我自己混下坡了，他呢，卻爬上了金光大道。」

「是呢，看著無所事事，不求上進，天天就知道抱個電腦打遊戲。可是三整兩整，竟跑到培訓中心了。這就叫扮豬吃虎！」柳眉說。

柳眉又「咦」了一聲，說：「哎，紅衛，這下，你們不是一家人了，他也走了，你不正可以，到創作的單位去了嗎？省得現在天天這麼難受，想寫寫不了，天天耽誤時間，多受罪啊。」

「我也是這麼想呢。」紅衛呆呆地說。

「等去了那兒，天天都可以悶頭寫，沒有人再說你、管你，只要你願意，想咋寫咋寫。時間都是自己的，多好啊！」

「我也這麼想。」楚紅衛陷入癡想了。在單位，白天上班，大會、小會，鄢院長都批評她，說：「你足球踢得再好，混在了籃球隊，也不應該。」每聽這樣的話，她都煩死了。

「你有成績，肯定能去！」柳眉鼓勵她說。

在這個話題的鼓舞下，她們這頓飯吃得有滋有味。楚紅衛的臉色也漸漸紅潤。但接下來，楚紅衛想到一個難題，她說：「柳眉，你有了困難，請客、送禮都是你丈夫出面。我呢，如果我為這事兒要請一幫老爺們兒吃飯、喝酒，搞關係，我估計不等喝，我就得趴到桌上開哭——那太悲哀了，真是一點臉也不要了。這跟農村婦女去拉扯村長又有什麼區別？」

柳眉說：「這個你別管，我來。到時候我都會張羅的。你只管叫上老柏，他能把曲重叫上。吃個飯花點錢那都是小事兒！」

楚紅衛還是呆呆的，她看著柳眉，猶疑。

柳眉說：「別發傻了，辦成了，你去到那兒專心創作，多好啊。你寫好了，我也好了。我們家那兩位，就不會笑話我自費出版書了。」

「我也出息出息，好好出兩本書，到時你給我作序！」柳眉一說狠話，就喜歡咬著那口白白的小碎牙，煞是可愛。

在那頓飯的尾聲，她們又探討了具體的途徑、方法。其實，在這方面她們兩個人都有點「二」，她們竟然相信，從前不可以去，是因為馮塵。現在可以去了，還是因為馮塵。事後，經過漫長的一系列，楚紅衛終於體味，什麼叫「秀才造反，三年不成」。

她們真是太天真、太幼稚了。

定下了時間、地點，兩個人才聊起別的。她們認識二十多年了，當初是紅衛去校門口幫姐姐接佳寶，看到柳眉倚著自行車在看一本書。她近前一瞄，竟有點兒不相信，這個女人竟然在讀哈耶克（海耶克）！

肅然起敬！

當柳眉知道眼前這個女人，是她常在《知音》、《讀者》上常見的名字時，同樣相見恨晚。兩個女人互相佩服，友誼就開始了。紅衛知道了柳眉心儀的偶像，柳眉也瞭解她，她那段刻骨銘心的愛情。楚紅衛只要說「那個人」，柳眉就懂。周星馳的電影裡那段臺詞，紅衛說就像是專門為她寫的：「曾經有一份真摯的感情，擺在我面前，我沒有珍惜。等到失去時，才追悔莫及。如果上天能再給我一次機會，我一定會對那個人說那三個字：我愛你。……」她不好意思給柳眉背出這段，可是她的心底，時時這樣湧現。可惜，已經太遙遠了。

柳眉看著楚紅衛的神情，知道她又在懷念那個人。她安慰她說：「年輕時，誰不幹點傻事呢。我們現在向前看，把餘生過好。」

楚紅衛木然地點點頭。

3

老柏名叫柏樹成，一個大行政機關的處長，多年的老幹部。本質上應該是一個好人，不然，不能一身本事，卻「處」了二十年，升不上個副廳。

單看那背影，說他玉樹臨風，也恰當。一米八的個子，不胖，不瘦，有條有型的。待轉過身，單看那張臉，那眼神，就一個「喪」字，全概括了。楚紅衛也不知他經歷過怎樣的命運搓磨，才有了這麼一副頹敗的神情。不光是眼神兒，那眉梢兒、肌肉線條、整個面目態勢，都應著當下網路流行的一個字：「喪」。

但是當他一開口，開口講話，風采、底蘊、學問，就都來了。甚至，有那麼幾分昂揚，整個酒桌，他顯得最有魅力。

今天的主要人物，是他、老王、曲重。曲主席是文學創作中心的一把，大拿、大當家的。當年和老王是同學。老柏說老王不僅是曲重的上鋪兄弟，還是恩人。曲重家兄弟多，貧困，曲重的菜盆裡，常有老王撥進來的肉。曲重發達，不忘恩，一直拿老王當親爹。所以，今天佛祖是老王，曲重答不答應，要看老王的佛面。

老王也愛文學，幹了一輩子行政，卻愛著文學。眉眼處，就有那麼幾分慈悲。三圈酒下來，臉都紅了，都高興。柳眉真是不白給，她點的菜、布的酒，都那麼有品。氛圍也很快就掀起高潮，曲重吐出了痛快話：「小事兒一樁。你兄弟我別的辦不了，進個人兒，不就一句話的事兒。咱們說了算。放心吧。辦！」

一句定乾坤。柳眉和楚紅衛都高興得差點跳起來。她們小女孩一樣興奮，臉上燦爛得皺紋縱橫。兩個人還暗暗碰了一下杯，頻頻點頭，認定：「曲主席是好人，真是好人呢！」

敬酒，敬完曲重敬老王，柳眉還給紅衛使眼色，讓她敬老柏。紅衛明白，但她沒有動。柏樹成是個學問上讓她敬重，但性格上不敢走近的男人。她知道柏樹成的心思，柏家老婆像電影《簡愛》的翻版。她覺得自己不是那個家庭女教師。老柏願意幫這個忙，更早的時候，他就提過曲重，說：「這小子膽兒大，心細，愛喝酒，啥都敢幹。表面有點糙。」紅衛心想：「是夠糙的，他是怎麼當上文藝界老大的呢？」頭型亂糟糟，又是頭屑又是油。指甲，也藏著污泥。鼻孔，更不敢看。周身的穿搭就是電影上那個胖胖的漢奸翻譯官。這樣一個男人，這樣段位的幹部，他是怎麼征戰殺伐，越過正處、副廳，弄上正廳，還坐了一把交椅的呢？論才幹、儀表，眼前的老柏、老王，都比他更像主席。可是，他們坐在左右，紛紛給他敬酒。

人不可貌相，跳樑端坐廟堂，是當今時代的特色了，哪裡都一樣。楚紅衛想到了自己單位的鄒懷。老柏看她走神兒，舉起酒杯聯合她和柳眉，說：「咱們仨，一起敬王處長和曲主席，謝謝他們的費心。事情過後，再重重表示。」

意思很明瞭，他們仨是一夥兒的，他在幫楚紅衛。

兩瓶白酒喝完，曲重還有量，就再上一瓶！後來再上一瓶。這些酒下肚兒，大家已經不像是第一次相見，更不像在求人辦事，完全是一場親朋的友聚。曲主席開始追憶，他上大學時老王待他的好，他菜盆裡的肉。還有小時候，老王的母親把老王他們兄弟的衣服，洗乾淨補好送給曲重兄弟……。老王也在懷念和老柏的往昔，同到機關，同為祕書，他們筆桿子寫過的紙片化成漿再還原成樹，已經夠得上一大片森林。頭髮掉光了，白寫啊。是後來，老王在老柏的帶動下，他們開始幹點「正經事兒」。正經事兒就是文學，老王寫起了詩詞，老柏愛上了詩歌。以這個為中心，此時桌上坐著的，就是一幫業餘文學黨了。老柏早就讀過楚紅衛的大作，更理解業餘黨寫作的艱難，為了省出點時間，得在單位受多少氣啊。所以他願意成全。他低聲跟楚紅衛說：「曲重這小子，平生就兩大愛好——喝酒、打麻將。他喝酒義氣，打麻將夠哥們兒，就是憑著這個上來的。可成也在酒，敗也在酒，這小子本應到更大的廟，他有理想，可現在，發配當了一個文藝班頭兒，他委屈著呢。」

楚紅衛聽了無限悲哀：「這樣的人，管文藝。還不願意。唉。」

那天走時，曲重的四肢都僵了，嘴還靈活。臨上車還連說了三個「放心」，讓他們放心，過了節就辦。當時正趕上清明。柳眉她們目送著曲主席和王處長離去，她覺得老柏有功，便王乾娘一樣，暗暗扯了一下楚紅衛的裙子，說：「那啥，柏處長，我先走，你送送紅衛。」

楚紅衛也使勁抓了柳眉腰間一把，她的意思，「本人並無此意」。老柏也不配當西門，剛才結單，那麼大的數額，老柏就站一旁，若無其事地看著柳眉把錢付了。他不只喪，他也不像個男人。

柳眉會意，樂呵呵地說：「要不，柏處長我先給您叫輛車，然後，我和紅衛一道兒。」說著，她靈巧的手指三叨兩叨，在手機屏上，一輛網約車「吱」的一聲就來到腳前了。

柳眉讓老柏坐上去。老柏略顯猶疑，竟也乖乖地，坐上車走了。

自己坐出租讓女人付費，他還心安理得，這做派多麼像馮慶啊，一方水土養一方男人啊。

剛才霓虹燈下，楚紅衛看老柏那張喪臉就像一張舊報紙，她使勁甩了甩，想把他甩出腦外。

4

回到家，楚紅衛坐在鞋墩上，腰空著，不舒服，她就那樣讓自己不舒服了很久，有點懲罰自己，也是在定定神兒。

直到柳眉發來微信，告訴她自己到家了，安全勿惦。她才起身，去衛生間（洗手間）把自己洗漱乾淨，坐回書房了。

每晚書房坐一會兒，能消化胸中的垃圾。

桌上一方小圓鏡，她湊近了看，說人家柏樹成像一張舊報紙，自己又何嘗不是！眼角的魚尾紋從前橫著，現在，已變成了縱道兒，這是更老的標記。她記得十年前單位開會，那時還不是鄒懷，那個講話的領導右半邊臉永遠印著小方格，那應該是他們家枕巾的樣式。當時心裡還暗笑，這麼快，就輪到自己了。眼下，在很多人眼裡，楚紅衛的生活正是歲月靜好，她沒有孩子，沒有父母，有事業單位的職稱，活著沒有任何負擔。可她一點都不快樂，姐姐和妹妹都不解，她們的困惑和柳眉丈夫和兒子是一樣的，也覺得她是好日子燒的，讓她下崗，讓她失業，讓她天天為了一口飯，白爪子撓成黑爪子，就好了。

多虧有個柳眉，楚紅衛又往鏡前湊了湊，看著自己不再年輕的臉。熱愛寫作很多年，也讀了不少書，可是關於生命、容顏，她還沒有如此近切地盯視。誰還會愛這樣一張臉呢？她離開鏡子，仰身看空空的家，馮塵在時顯得擁擠，現在，又如此空曠了。

曲主席答應得如此痛快，她呆呆地望著空屋子發呆。能去創作中心，是她多年的夢想，雖然那裡虎踞龍盤，個個都是人物。讀過書的人玩起心眼兒，那心眼兒多得像篩子。其中最有名的，是二號人物儲升。儲升跟任何一任上級都能搞好關係，搞好關係後的儲升實際上就相當於那個單位的一把手了，很多人的命脈都攥在他手裡。今晚請客，楚紅衛徵求過老柏的意見，問：「要不要叫上儲升？」儲升是個繞不過的、閻王級的人物。老柏說：「第一次，不宜。這種事，還是擒賊先擒王。」

就這樣擒了。

過了節真能辦嗎？楚紅衛覺得腦子在飄。她打開電腦，想靜一靜心，把一個正在創作的作品接上。敲了幾個字，不行，腦海裡又湧進馮塵。馮塵在時，他們每晚也是各人抱著一臺電腦。有一次馮塵的兒子突然大叫：「爸爸，你都打到十級啦?!」

她才知道馮塵經常是在電腦上打遊戲。

馮塵所在的文聯，日子非常好過。早晨，他可以到單位吃早餐。中午，還有免費的午餐。吃完飯辦公室倒一會兒。夏天熱時，還可以隨時沖個澡，比他家裡都方便。他們認識時，楚紅衛還不到三十歲，婚史短暫，沒有孩子。而馮塵，兒子十歲，租住在遠郊平房。人們都不看好他和楚紅衛的交往，都說成不了，可很快，他們就成了。

那天晚上，他們仨在一個小店吃飯，吃完返家時，因為是遠郊，兩邊黑燈瞎火。馮塵左邊兒子，右邊楚紅衛。他沒有急於帶他們回家，而是在城中村小道兒上，玩起了遊戲。馮塵哼著跑調兒的小曲兒，給他們走起了貓步。楚紅衛還是第一次見識，男人這樣逗她。馮塵墩胖的身材，肩膀橫著晃，真的走T臺一樣，他把外衣「唰」地脫下來，又「唰」地揚到肩上，「唦唦唦唦，嘣嚓嘣嚓」，大步向前，然後突然停住，回頭，亮相，再大幅度向他們扭擺走來……

——楚紅衛笑蹲下了，他兒子，也笑得上不來氣兒。他們兩個，親母子一般，抱在一起嘎嘎笑……。馮塵則職業模特一樣沒有表情，繼續「卡噔卡噔，嘣嘣嘣」，起承轉合，一波又一波……。那個晚上，一分錢都不需要花的快樂，讓楚紅衛笑了一整晚，後來笑得骨頭都要癱了。待回到家，馮塵本來安排兒子睡下，要再送楚紅衛的。可是，他又拿出了象棋，象棋楚紅衛沒興趣，她僅懂個馬走日、象走田。可馮塵會教導，金牌教練，只一會兒，她就開始由不熟，到局局贏了。時間都過了十二點，她還沉浸在無比巨大的征伐勝利之中……。後來他們生活到一起，每每馮塵不開心時罵她傻娘們兒，她明白過來，是挺傻的。

傻女人，一個生活無憂的傻女人，應該是精明男人都願意靠近的吧。柏樹成認識她的時間比馮塵更早，論學問，也比馮塵淵博。可是她一直慎而遠之。這不僅因為老柏有一張喪臉，他也沒有馮塵的好脾氣。晚上酒快散時，他竟然對她說：「橋兒，已經給你搭了，接下來咋走、咋辦，你就自己琢磨著來吧。」

那言下之意，應該是送禮吧？

楚紅衛問表示：「多少呢？」

老柏說「這個我也不好說，有老王的面子，你就再去鉚一下，鉚實他。」

要鉚多少呢？她關了電腦，什麼也幹不下去了，這個問題，還是要好好地想一想。

躺下，睡不著，腦子還在沸騰。昨天會上鄢懷敲打她，說：「有的同志，幹工作不專心，上班就是唬弄、混，你喜歡踢足球你到足協去呀，幹麼混在籃球隊?!耽誤別人也坑自己！」

大家的腦袋葵花向太陽一樣朝向她，她臉很熱。這樣的日子夠夠的了。她曾經跟文聯的二把手儲升表示過，想專門創作。儲升耷著眼皮兒，說：「唉，不好鬧啊，有老馮在這兒，你們的關係，不宜。國家有政策。」

「現在應該宜了。」她想。老柏叮囑她的鉚，這一「鉚」真神奇，鐵釘子砸進木板，夯實，這叫鉚。現在，她手裡沒有錘子，她要拿真金白銀。以她現在的工資，並不比創作中心低。如果去了那兒，工資還會再少一些。從薪酬高的地方，求人費力，去錢少的單位，除了柳眉，誰不認為她有精神病？楚紅衛咬了下下嘴唇：「不用別人理解，自己理解自己就行。俗語說的『富姐開窯子』，我這倒不是圖什麼樂兒，我楚紅衛就有寫作這口癮！我願意這樣。」

5

群眾文化聯合會，銅字大招牌，好巍峨。

大樓是新的，廣場是新的，廣場的正中還戳著一塊大石屏，「嘩嘩」的流水在鑿凹的石頭上，形成好聽又好看的溪流。

蓋大樓，撥款，每年幾千萬的流水。小小的一個文藝中心，幾年時間，也長成這龐然大物了——時代特色。

更早的時候，楚紅衛經常來，那時這裡還是平房。她的《曹操與文姬》火熱那會兒，戲劇、文學不分家。她經常到這裡開會。現在，楚紅衛仰看了半天，像不認字兒一樣，細細辨析著。那流光溢彩的大銅字兒，讓她覷起了雙眼，太陽光芒一樣，好刺目。

大樓裡的生活應該是好過的，馮麈從一個百十來斤（五六十公斤）的瘦子，吃成了現在這一百八十多斤（九十幾公斤）的胖子。楚紅衛邊向裡走，邊忖：碰上馮麈怎麼說？她走得有點溜邊兒，高跟鞋儘量不發出聲響。關於體制，寄生的問題，她跟柳眉討論過，也跟馮麈有過爭執。柳眉說如果粉碎這種寄生，她願意第一個下崗。馮麈則不同了，他將了楚紅衛一軍，說：「你如果覺得這樣不好，可以放下飯碗自己出門擺攤兒啊。」

「別人如蛆附骨，我為什麼要跌下來餓死？」

「這不得了。那你就別再說那二杆子的話！」馮麈說。

「二杆子」是這裡的俗語，二百五的意思。楚紅衛說過，很多單位，都是空空的擺在那裡，有時候大家開會碰到一起，都不知對方是幹什麼的，可見很多單位設置得毫無必要，都該裁了。她說這樣話的時候，馮麈不屑的笑裡，還是說她二杆子。

溜在牆邊，楚紅衛再一次想到了「寄生」、「二杆子」這些字眼，她為自己的苟活苟且有些羞愧。還好，七拐八拐，沒碰到熟人，就敲響了曲重曲主席的辦公室門之門。

曲主席一臉熱情，說著：「小楚你真客氣。不用客氣。」還起身給她倒了一杯水，紙杯就在桌邊。

他知道楚紅衛為什麼來的。

真好，都簡單。

楚紅衛從進門，到鉚，到再坐回座位，再到出門，用時不到五分鐘。這中間，還有過兩次敲門，看屋內有人，退了。待她出了大樓，再仰頭看那排大銅字，迷戀地看了好半天，現代漢隸，機器雕刻，真好看。陽光下，那字比金子還亮，楚紅衛最喜歡隸書了。

回到家，先給老柏報告，又給柳眉發了微信。柳眉關心，馬上把電話打了過來。聽說曲重讓她一百個放心，連說：「好，好人，好官呢！」這比那些扭捏，不接不收，還繞著你、吊著你的強。「好人！」柳眉再次說。

她還學了老曲的原話，曲主席說，他剛到任時間不長，要稍微整理整理，把人事都理順了，她的事，即辦。「估計得仨倆月吧，放心，有老柏、老王他們，你不用客氣。」

柳眉分析說：「老曲這話說得實在。」她年輕時，也辦過工作，那時她丈夫幫她禮也送了，錢也花了，可辦的人一拖再拖，最後給拖黃了。「老曲實事求是，靠譜。」

楚紅衛說：「可是那天吃飯，他說節後就辦啊。」

「仨倆月，也夠快的了。」

有柳眉這樣的話，紅衛心情好多了。下午上班，她看鄢院長的兩隻小短手，在「噠噠」

敲擊時，也不覺那麼討厭了。一個宣讀文件的會，一直開到天黑。她忍受了，反正這樣的日子，快到頭兒了。

晚上下班時，她還特意去了一家快餐店，給自己慶賀也是祈禱。她要了一份套餐、一大罐啤酒，慢慢吃著，腦子裡感謝著曲重、老柏、老王、柳眉……還有那一大捆紙幣。在和柳眉商量時，她想拿家裡的傳家寶，柳眉說人家不一定懂，也不一定認，白拿。不如實實在在地往上砸。柳眉說「砸」，老柏說「鉚」，都跟錘子、釘子無關。去之前她還頗費躊躇，以為要說很多的話，要鋪墊，要臉紅磕磕絆絆，結果，全想錯了，一切都快得很。

父母活著時，也沒這麼孝敬過啊。現在他們都已經不在了，喝他們的血長大，回報不及一杯牛奶。還有姐姐妹妹，嫌她們打麻將，嫌她們不讀書，給她們買的衣服不超過兩百，現在，一下子……。鼻腔裡有東西上湧，眼裡，也淚水漣漣，是酒精的作用嗎？她仰起臉，穩了穩神，用餐巾紙把自己揩抹乾淨，心想該回家了。

桌上的菜幾乎一口沒動，光喝酒了。要不要打包回去？她久久地注視著桌面，像默哀。

6

三個月很快就過去了，這中間，楚紅衛和柳眉，又請老柏、老王、曲重，盡興地吃過、喝過，喝的都是大酒，每一瓶貴得夠一桌席。吃飯間，曲主席依然豪情滿懷，每次都拍著胸脯說：「放心！放心！」

可是飯後，又音訊杳然。

然後，又三個月過去，冬天，已經來臨。

楚紅衛在電話中問老柏，老柏說都是同學，他不會騙人的。再說，又有老王的情分。「還有，你不是也表示了嘛，這小子不會沒良心的。再等等吧。」老柏說。

楚紅衛到底是女人，她心裡很氣，那麼大的官兒說話是放空氣嗎？當初說仨月，然後又是三個月，如果不是他第一次就痛快地答應，她去他辦公室幹麼？現在，不明不白，嘴上說著辦，可就是不辦。她開始煩了，三天兩頭追問老柏，追得老柏也有慍色了，他本身就是個脾氣大的人。一方面，他有點生楚紅衛的氣，沒耐心。另一方面，心裡也有點生曲重的氣了，他發牢騷說：「黨組織這麼多年，最大的功勞就是培養了老曲這樣的一批又一批官痞酒徒。」

這話楚紅衛愛聽，算同仇敵愾吧。

老柏可能為了挽回一點面子，增加一點自己的份量，他親自出錢，破費，深入敵後，請了老曲、儲升，小範圍吃了一頓。他打探到了最新的消息，當他告訴紅衛，鹽從哪鹹、醋從哪酸，楚紅衛差不多要刨儲升家祖墳了。她從未想到，一個男人能這麼不要臉，這麼糟蹋一個跟他毫不相干的人。

原來，曲重和儲升在學校時就是麻友了，麻友、酒友，現在重逢。曲重又是他的上級，儲升很快就跟曲重鉚得很鐵。他沒想到楚紅衛求到了曲重，拐這麼多彎，求曲重，而沒有求他。儲升添油加醋地向曲重介紹了楚紅衛的過去，特別是，他提到當年一個人，那個人管文化，是這個省很有名的一位領導。

「《曹操與文姬》，那裡面塑造的曹操，就有那人的影子。」儲升說。

「本來還能升，能到北京的京官兒，仕途被所有人看好，可是就因為那小娘們兒，被交流了，去外省了。」

曲重不解：「小楚人長得也不漂亮啊，那領導怎能看上她？」

「年輕時還好點兒。那老領導確實愛才。」

老柏給她學這段時，楚紅衛半天沒說話，眼睛卻一點一點紅了，要燃燒成火苗，把儲升燒死。

「真是個小人啊。」

楚紅衛還不認識馮塵時，就認識儲升了。儲升眼睛是鼠的，臉卻馬樣長，嘴巴裡一口河馬樣的長牙。他業務很好，人緣很差，沒有女人不繞著他走。直到他都披荊斬棘成了文聯二當家的，躲著他的人依然很多。大家都說，儲升壞得冒煙兒。

果然壞。楚紅衛寫《曹操與文姬》那會兒，儲升還當面吹捧過她。與「那個領導」的風言風語，儲升也做過關心狀。只是她一直躲著他，淡著他。現在，輪到他下一腳了。

老柏感到了她的黯然、難過，說：「沒事兒，沒事兒，老曲說了，那都是花邊，不耽誤辦，會繼續辦。」

「什麼時候辦啊?!光說辦辦辦的。」楚紅衛突然提高了嗓門，「這仨月、仨月的支，都幾個仨月了？哪有這樣騙人的。」

老柏在那邊也不高興了，他說：「辦不辦，也不是我說了算。要是我說了算，不用你說我都給你辦了。現在，該做的我也做了。」

放了電話，楚紅衛訕在那兒。長時間地回不過神兒。儲升的長舌，讓她回想起「那個人」，一別，快有二十年了吧？

正呆愣，柳眉來電話了，她跟柳眉學了儲升的德行、老柏的不耐煩。柳眉說：「你要忍，忍耐，你不能跟他們發火兒。姓儲的就那麼壞，誰都知道，又淫又邪又色。你繞不過他。老柏呢，也算表現不錯，你又不是他的老婆，他能這樣相幫，雖然小氣點吧，可也行了。別惹他們拉下臉，老曲沒說不辦，咱就等著。一直等，差不多時，再請，再餵，他不就是屬豬的，貪吃貪喝嘛，吃就好。」

「這得吃到啥時候是頭兒啊！」楚紅衛絕望地咆哮，「吃吃吃，一幫大老爺們兒天天吃女人，都是什麼東西，也不嫌臊得慌！」

「紅衛，你知足吧。臊不臊的，權在他手。他要不幫你，你拎著豬頭都找不著廟門，更要命。」

突然，楚紅衛的手機「叮」的一聲響，有微信。是一個文友發來的，上面是一則新聞鏈接，打開看就傻眼了，忙轉給柳眉。

原來是曲重同志調離了文藝中心，接任他的是另一個女幹部。從照片上看，年輕而漂亮，叫王淑姬。柳眉在那邊說：「白忙了。」

7

楚紅衛坐在辦公室對著電腦發呆——吃了那麼多頓飯，浪費了那麼多時間，還有鋣，隨著曲主席的一紙調令，嘩啦，歸零。

屋裡還有其他同事，她儘量讓自己顯得平靜。這時，她突然接到了曲重的電話。這麼大人物，給自己打電話，她一時有些發慌。曲重在那邊說：「小楚啊，我徵求一下你的意思，你的事兒呢，我沒忘，關注著呢。現在，我離開了，你要是還辦呢，我就給王淑姬交待一下，她會繼續。」

「她能聽您的？」楚紅衛這話問得傻。

「她是我的手下，你說的。她能不聽我的？」曲重在那邊一定咧著嘴，他咧嘴的招牌笑，很像電影上的漢奸翻譯官。

楚紅衛千恩萬謝：「辦，辦，咋能不辦呢。」她一疊聲的。看來老柏說得對，有老王面子，有她的鋣，曲重不會沒良心的。

這時楚紅衛才恍然，其實上次吃飯，曲重已經暗示過了，當時他說：「小楚你不用著急。」他接下來的意思是說，紅衛這個系統的上級機關，他可能要來當一把，掌舵的。他說如果他來了這兒，楚紅衛就不用動了，去什麼創作中心呢。他來這兒，管全盤兒，安排個處長、副處長的，平平常常。

當時楚紅衛還不屑，覺得曲主席看走了人。她從工作那天起，就沒想過當官，尤其是女官。坊間對女人弄上官兒的，沒有好話。人們對男官兒是敬，女官兒是鄙。曲重對她的誤解實在是太大了。費勁巴力，想到創作中心，不就想有個允許創作的環境，不再挨敲打嗎？誰想熬官兒啊。她當時說就想到創作中心，曲重和老柏、老王都笑了，他們說：「這女人要是認準了一條道兒，她非走到黑不可。」

現在，曲重沒來上級機關，他到了另一個盤子也不小的廳級單位，比創作中心更肥，舞臺更大。看來是實現心願了。電話中，他指點了紅衛怎麼去見王淑姬，當面怎麼說。

第二天，楚紅衛就來見王淑姬了。城頭變幻，同一把交椅，昨天是曲主席，今天，已換成了王主席。之前她看過王淑姬的照片，覺得她非常漂亮。現在，面對面，王主席可能沒把她當個需要自己重視的客人，就隨隨便便，穿得很家常。這使照片和真人，有了差異。

楚紅衛很緊張。她沒有空著手，獻上了她認為最好的。王淑姬瞟了一眼，一眼沒看清，再瞟第二眼，第二眼過後有點不相信，第三眼，直到第四眼，她的臉上才有了笑容。她真是很有見識啊，她的眼睛亮了一些。但她擺著手，嚴肅地說：「不要，不要這樣。」

她跟曲主席不一樣。

楚紅衛直奔主題。這顯得她有點缺心眼兒，不怪馮壆一再罵她二杆子。她今天來，好像就是為了證實曲重說的有沒有準兒，是真話、假話。她上來就說：「我的事，曲主席說，您會接著辦。」

王淑姬眉毛挑了起來，很矜持的驚詫，她笑盈盈，卻是冷冰冰的，說：「什麼事兒？誰安排我，接著辦？」

「曲主席，曲主席說的。他說您會接著辦。」

「莫名其妙！」王淑姬聲音不高，卻是有力的。她把身體挺到了椅子後背，不再說話。那神態，意思是你今天來，開的口太大了吧？

楚紅衛氣短了，人也矮了。看來，曲重有點吹牛了。王淑姬不像他的下級，她沒有給他面子。她想了想，猶疑著，掏出一本書，那是她的成名作《曹操與文姬》，當年演過舞臺劇，還改編過電影。再印成書，也有過不錯的銷量。她把自己的簡歷，連同這本書，獻上去。王淑姬沒有接，她就放到了她的桌邊。

王淑姬說：「我知道你創作成績不錯，問題是，成績不錯的多了，都想到這兒來，我有什麼辦法？」

楚紅衛沒話了。

「我剛來，情況還不熟，現在答應你什麼，都是不負責。」

這是送客了。

楚紅衛站起來，她再次把那件貴重的東西舉上去，王淑姬嚴肅地擺手，那份嚴肅幾乎等同於生氣了。

幾乎是逃跑一樣來到大門，竟碰上了馮塵。馮塵提著水杯，他好像是到收發室取東西。他們都愣住了。

「你咋來了？」馮塵看著她，陽光下他壯碩的身影像一堵牆。

楚紅衛真想衝上去，撲那陰影一樣的一堵牆。她能走到今天，全是眼前這個人害的。撲上去，跟他拚命，踢他，打他。但她沒有動，像不認識眼前這個人一樣。馮塵為了討好上司，曾對儲升說過，說楚紅衛是個離了婚就蒙圈的女人。女人被離了婚，沒有不蒙圈的。所以她才打定主意要到文聯的創作中心。——這是儲升獲知楚紅衛要到中心來，嘲笑她時，馮塵給的答案，也是附和。這樣的話輾轉著從柳眉那傳過來，紅衛更恨馮塵，覺得他比儲升更壞。現在，馮塵站在眼前，楚紅衛想說什麼，終是什麼也沒有說，木偶一樣直著身子向前走，兩隻鶴一樣的長腿，一蹈一蹈的。馮塵看出這個女人的恓惶，也看得出她的強撐，驢倒架不倒，自尊心挺強。「淨瞎折騰！」馮塵對著她的背影說，像是在說自家女人。

深秋的冷風中，她的背影有些淒涼。他知道她所為何來。

楚紅衛上了公交車（公車），今天私車限行（管制），公交車裡都是老年人，一股混濁的油污味。若在平時她是不會擠這公交的，現在，她神智已經不聽使喚，似乎體內全無心肝，自己是個空殼在移動。

她想去找柳眉大哭一場，一是王淑姬的冷漠。第二，她要講講馮塵，馮塵這麼多年對她的欺騙。一起生活過的男人，竟然對他一點都不瞭解，他的工作、他白天的生活、在單位都幹了些什麼，包括他這個處級幹部，是怎麼當上的。她什麼都不知道啊。除了一起吃飯，一起睡覺，閒時逗逗悶子，給她走逗傻娘們樂的模特步，下下裝輸的棋，其他，她全是瞎眼的啊。

她望著窗外，眼淚幾次湧上來，硬讓她憋回去，眼仁兒都蟄疼了。去找柳眉，人家丈夫中午在家休息，還是別去打擾了，自己回家哭去吧。

當她下了公交（公車），卻接到了柏樹成的電話。柏樹成還不知道她今天的遭遇，電話裡說，晚上有個飯局，幾個朋友誰誰誰，誰誰誰——沒等他說完，楚紅衛騰地就爆發了：「吃飯吃飯，吃個屁吧！這一年多，光當飯搭子了，我又不是戲子！」

楚紅衛進過藝校，能唱兩口，可是她一點都不喜歡唱戲啊。和人吃飯，被人介紹她當年是誰誰誰，再唱兩口，那是她最難受的事！老柏是骨灰級票友，從前酒桌上他們常常一個阿慶嫂、一個刁德一。現在，楚紅衛不侍候了，她說：「吃吃吃，就算我有那麼大的臉，也沒那份閒心呢！」

她的嗓門一定是太高了，引得周圍老頭、老太太側目。剛才嚥下去的淚水，現在全變成怒火上的澆油。可老柏不是她丈夫，人家不慣著她。嘎蹬掐斷電話，她的哇啦哇啦，成了一個人在飆獨角。

8

回到家，她本想痛哭一場。一路上，她都是這個願望，可待到終於沒人了，終於可以好好宣洩，她卻一片枯葉般，飄在床上。仰躺，趴下，翻過來，掉過去，她竟然，一滴眼淚都沒有！

整個靈魂都被枯乾了。

過去的日子電影一樣回放，見曲重的第一面，她就印象極不好，表面上看似慷慨，和她隱約的不祥，交替在心裡蕩秋千。現在，終於蕩出謎底了。

是啊，這樣一副德性的男人，他能幹出什麼君子事呢？頭髮油膩，捏酒杯用蘭花指，和儲升兩個大老爺們兒，背後嚼女人的長舌。記得最後那次，曲重酒喝高了後，完全放開了。他先是暗示楚紅衛，他可能要到紅衛的上級機關，如果他來了，紅衛弄個處長都不是問題。在紅衛明確表示，她對當官兒沒有興趣、女人不該當官兒時，他竟然虎逼中年一樣，點名道姓，嘲笑他單位一個叫姚碧蓮的女詩人。小姚比紅衛還小，當年詩歌寫得不錯，現在好像已經不寫了。曲重說：「還寫什麼呀，她一門心思想當官。都跟我說過多少次了，要請我喝茶，請我吃飯，請我這，請我那——女人官兒迷的不少！」

紅衛當時很臉熱，替她的文學同行。同時，她心裡也鄙視，曲重這般為人。曲重的兩隻黑豆眼睛，都喝成了小紅燈籠，可他還不罷，還要再上一瓶。酒精就是他的白粉兒，他長期被酒泡過的臉，眼泡格外腫，那是酒和色的標誌。待又一瓶酒打開，曲重高興得像孩子見了糖，他一遍遍地拍胸脯，說：「放心，肯定不會虧待了小楚。」還跟老柏碰杯，那意思是會罩著小楚的。

那天老柏的喪臉也有所緩和，從嘴角到眼梢，都翹了起來，不再顯得那麼喪。他也一遍遍地回敬：「感謝，感恩，大謝！」

現在，終於大卸八瓣了。

楚紅衛攤在床上，像是所有骨頭都消失了，她就那麼攤著，整個晚上牙都沒刷，後來，在頹廢中睡著了。

第二天早上剛到單位，又開會。楚紅衛本想安靜安靜，想一想接下來怎麼辦。可是，看著辦公室主任挨屋探腦，叫著「開會，開會」，她厭惡的情緒到了極點。鄢懷院長把這兒當成他的家了，辦公室主任是他的家丁、總管兒。想幹什麼，吆喝一聲，立即小腿跑起來。上班開會，都沒有提前通知了。一句話就可告知的事兒，也要揪人到一起，開會開上癮了。不進會議室、不居主席臺，他就感覺不出自己在工作。那會議室成了他的金鑾，三天兩頭，揪大夥面朝。楚紅衛的眉頭皺成了疙瘩，她太痛苦了，有這樣的領導。哪管他愛賭喜嫖呢，或者打打球、釣個魚啥的，也比這樣天天無所事事，弄人開會強。真是煩死人了!

楚紅衛最後一個進來，進來就往後排角落裡一縮。辦公室主任命令她「往前坐，往前坐」，她沒聽見一樣，兀自坐下來了。

會議沒什麼主題，叫班子擴大務虛會。其實就是老鄢要手段，善鬥爭，把幾個副手晾著，一擴大，所有部門的中層、骨幹，都叫上，兩面夾擊，上下其手，那幾個副院長，基本就等同於擺設了。這一套路鄒懷已經越玩越熟，簡直到了藝術的境地。

楚紅衛看著臺上，她剔刀一樣的目光從鄒懷臉上、脖子、桌上的十個小棒槌，及至肥胖的身軀，走過。鄒懷是部隊下來的，大機關幹過人事，擺弄人，最擅長。剛下來時，他的手段和辦法大家很不適應，可是，三招兩式，大家就領教了，知道了他的厲害，全都服貼了。不但貼，還乖順、逢迎了。因為他的每一招，都是鎖喉式的。辦公室主任小苟，就是他第一個制服並收復的，不然，小苟還在念著前朝，三心二意。經過他的整治、晾曬，小苟終於不願被閒，轉舵轉向，死心蹋地跟從他了。一個高地、一個高地，鄒院長有攻打收復的快樂。

他剛來時，一笑一口白牙，大家覺得可親。可是，沒過多少日子，大家就體味到了他的笑裡藏刀。事業單位，以事業為名，一切都圍著人轉，人圍著他轉。那次開會楚紅衛坐得較靠前，她看清了鄒館長的兩隻小短手，隨著他的講話，兩隻巴掌一張一張，有時朝下，有時朝上。十根手指頭，短粗如棒槌，奓撒（張著）著——三代之內他家絕對沒有讀大書的，念書人家後代不是這樣的手形，這是他家的底牌，沒什麼了不起。楚紅衛判斷。這樣的家族，也一定沒有搞藝術的，既沒有彈鋼琴的，也不會有畫畫的，所以他才這麼不熱愛藝術，這麼糟蹋藝術。後來接觸了曲重，曲主席黑黑的指甲還有泥時，楚紅衛更加悲哀。她替文化悲哀，就是這樣一些武夫樣的人在管文化，藝術又能好到哪裡去？

楚紅衛的輕蔑從那時就開始了。相看兩厭，鄢懷當然也把她看成了眼中釘，會上點名、不點名，大家都知道是在敲打她。「今天的會，會不會又是讓我找飯轍呢？」楚紅衛難受地想。還好，會議開始只是一個接一個地唸文件，安全職守什麼的。其中講到值班的，電話響三聲，第三聲之內要接起，否則通報批評。鄢懷還舉例說了哪個哪個單位，某處長，在電話響第三聲時他在廁所，跑回來接起已經被掛斷了。全省通報批評，還差點擼了他這個處長。

鄢懷臉上是幸災樂禍的笑。

太瘆得慌了。楚紅衛腦子又處於木偶狀態，她只能看到鄢懷開合的牙，一個電話，超過了三聲，蹲廁的人連屎都沒拉好，就要提上褲子跑。依然沒接到，受處罰。這是誰家的王法？大家還是同胞嗎？

楚紅衛這個匹婦，憂國憂民的勁兒又上來了。

這時手機響，一個叫魏建設的人打來的，楚紅衛正憋了一肚子話無人說，舉著手機就出來了。對方問她怎麼這麼老實，好長時間沒她動靜兒？楚紅衛祥林嫂一樣，馬上把煩心事，又複述一遍。說：「本來都答應得好好的，現在，人換了，事兒就黃了。」

老魏說：「那是人家不給你辦，在謊你。如果誠心，早辦了。」

「中間等了好幾個三個月，說是編制辦凍著，不讓動。」

「那都是藉口，真辦，編制辦就是個過場。」

老魏還舉例說他們單位的誰誰誰，也是說編制辦凍著，可是人家，照樣到了崗。這個電話通完，楚紅衛才瞭解到一個新部門：編制辦。中間也聽老柏說過凍結什麼的，可是也有人不被凍，照樣到崗啊。說來說去，曲重就是個騙子！還說人家王淑姬會接著辦，可是人家根本不接這個茬兒。去找他，跟他當面算帳。在撂下老魏電話後，楚紅衛做了一個愚蠢的決定。

在她誰都沒有商量的情況下，自己，來了曲重還沒坐熱的辦公室，這家大廟。拿人好處還不辦事，黑道也沒有這麼幹的。楚紅衛覺得自己有理。如果說寫字兒、寫劇本，弄出個《曹操與文姬》，她是有兩下子。可現在，在這方面，她的智商幾乎等於零，不，是負數。

坐在曲重的辦公室，不開口，那神色，曲重都知道她是幹什麼來的。

可曲重像完全不知道一樣，還和藹地問她：「王淑姬那兒怎麼樣？」

這一問，楚紅衛的眼淚「嘩嘩」開始流了，止都止不住。她一定是太委曲了，這一年多，她付出了時間、精力、財力，包括臉皮。這些事兒，在她那兒一輩子都沒經歷過，現在，經歷完了，還白搭，她受不住。

曲重安慰她說：「可能是女的跟女的，不好辦事。」

她憤怒，真想說「放屁」。她和他是女的跟男的，結果不也在這兒擺著嗎？她掏出紙巾擦了一把臉上的淚水，不吭聲。她是來要那成捆東西的，可又不知怎麼開口。像上訪的女人那樣，一臉喪考妣木呆呆地坐著。又一批眼淚湧出，她怕流出鼻涕，用大把的紙巾捂住口鼻，哭著說：「曲書記，曲書記。」曲主席現在已經是曲書記了。她說：「您答應給我辦，可是——」

曲書記接過了話頭，他說：「是，答應了，也想給你辦。可這不是走了嘛，到哪兒，是組織上說了算，這不由我。」

這時有人進來，是曲重的司機，從中心帶過來的，楚紅衛見過。這個司機應該是給曲重解圍的，他裝作要給曲重續水的樣子，曲重說：「不用，沒事，你出去吧。」

那人走了，曲重站起身，辦公室裡坐一個哭哭涕涕的女人，實在不好。他決定結束眼前的局面。人快速從辦公桌後面繞出，大步來到裡間，那是他中午睡覺的地方。他取出一個小提袋，紫色的，放到茶几上，然後並不回座，看著。意思很明顯，給你，走人吧。

楚紅衛瞄了一眼袋子，裡面缺東西，她當時，獻上的可不只這個。她也站起身，腳步並不動，那眼神是在問：另外的呢？

曲重一臉無辜，意思是你不走你還等啥?!

楚紅衛說：「曲書記，不是還有錢嗎？」

「啊？什麼錢?!」曲重的臉紅了。他幾大步重回辦公桌後，不坐下，站著，土肥圓的身體讓他有點尕，直晃。一雙黑豆樣的小眼睛在鏡片後面快速眨嘛，喘氣都粗了。他說：「有這事兒？我怎麼不記得！」

「我當時就給您放到了那下面的抽屜。」楚紅衛用手一指。其實，那辦公室不是這辦公室，那辦公室現在坐的已是王主席。不過，大辦公桌都是一樣的，拐角，抽拉，頂級標配。

「這可不是小事，這可不行！這不是鬧著玩的！！」曲書記的臉一定像麻將桌上輸了大錢，沉痛極了。他嚴肅地說：「小楚，這可不是開玩笑的。」他的臉完全沉了下來，說：「你走吧，咱們本來也不認識。有事，讓老柏跟我說。」

夫死未葬兒在獄，應該就是楚紅衛此時的臉色。她從曲書記的辦公室出來，失魂落魄。曲書記翻臉了，他不認帳。說跟她根本就不認識。他怎麼能這樣呢？還高級幹部呢，真給他的組織丟臉。

出大門時，竟碰到了儲升。儲升想躲開她，她也不願和他相見，各自一躲，正要錯開身，門衛把儲升喝住，讓他登記。儲升只得停下來，久違的親人一樣對紅衛語重心長，說：

「小楚，你也來老曲這兒？跟你說，你的事兒，我可沒少跟曲主席說好話。不然，他不會答應的。」

楚紅衛木呆地點頭，對他什麼稱呼都沒有，心裡罵的是臭流氓，狗娘養的，跟曲重一個貨色！就出了大門。腳下千斤重，去車場找車。當她把車開出來時，收費口沒有閘杆，是個人工收費的小夥子，他看了看她的臉，她舉出一張紙幣，小夥子什麼都沒說，晃了晃手裡的錢，讓她「走吧，不用交了。走吧」。

楚紅衛抬頭從後視鏡中看了一下自己，死人樣的臉色，讓小夥子動了慈悲，沒收她的停車費。

淚水又開始嘩嘩地流了。

9

這一段時間，楚紅衛連著幹了兩件蠢事。第一件，是去曲重的辦公室。據老柏說，曲重給他打電話了，嗓子都氣劈了，差不多是公鴨一樣跟他咆哮了半個小時。他威脅老柏，如果處理不好，以後，他們的關係都沒得做了。

這中間夾著老王。老王是老柏的親人，老柏可以沒有老婆，不能沒有老王。這一點楚紅衛明白。她知道現在老柏不僅生曲主席的氣，也生她的氣了。可是她覺得自己沒錯啊，那些黑道的，還知道拿人錢財與人辦事呢，他堂堂一個曲主席，怎麼能這樣呢？

陽光下，柏樹成還是那張喪臉，整個人垂柳一樣，全部都是向下的。他和楚紅衛站在路邊，這是提前電話約好的。他遞給了她那包東西，報紙裹著，像磚頭。當初她也是這麼裹著去的，只是現在報紙已不是了那張報紙，內裡還是原來。

五味雜陳，一言難盡——楚紅衛全部都體驗到了。她杵著，原來苗條的身材，現在就像一根柴棍。老柏懶得看她，眼皮沒抬，嘴也不張，整個面目都是沉沉地耷拉。楚紅衛感到了羞臊，幾次欲張嘴，辯解兩句，可終是什麼也沒說出來。老柏轉身要走了，才說：「就你這倆子兒，人家根本沒看在眼裡，更沒放在心上！」偏腿要上車了，又補了一句：「女人就是頭髮長見識短！啥事都禁不住考驗，整糟！」撂下這句話，騎他的小單車走了。

高高的個子，身子也長，坐在小單車後座上，像一隻秋天的駝鳥。

楚紅衛站著沒動，直到那隻駝鳥消失了，她還站著。她好像忽然明白了，人家不是不辦，問題出在了自己這兒，是她禁不住考驗。以為很了不起，那點銀子好大個顯示。可是在人家那兒，僅是大缸裡掉進個棗兒，差得遠呢！所以才有今天，活該。

她真的蒙圈了。馮塵走了她蒙圈，和柳眉在蒙圈的跑道上蒙著眼睛跑了一年多，已經跑出了跑道外。正在不知該怎麼辦，接到了魏建設電話。魏建設因為愛文學，和楚紅衛認識。他比楚紅衛年齡大，職務也高，可是他一直叫她紅衛老師。楚紅衛想，魏建設可能是一輩子也沒成功搞過婚外情的人，這從他笨拙的打電話方式可以斷定。他一再地跟楚紅衛說，他方便了會打電話給她，她千萬可別打給他。

魏建設聽她嗓子啞了，問她：「為什麼事上火呢？」她就把上次電話中說的事，又說了一遍。

老魏說：「其實，你既不想當官兒，也不是去爭權奪利，想幹業務，靜心創作，單位也是省直到省直，按說手續沒什麼麻煩，只是一個單位拿到另一單位，不是多難的事兒。現在，你整了半天沒整成，是沒碰到好心人，把事兒辦糟了。」

「不過，好在，那個走了，你可以重打鼓，另開張。這樣吧，我有個髮小，在省委幹過，他應該能跟王淑姬說上話，我讓他去找找。如果有活口了，大家再見面，該咋辦咋辦！」

楚紅衛黯淡多日的心，一掃陰霾，亮堂多了。她覺得老魏沒那麼可笑了，還有幾分可愛。看人家，做事多靠譜，十拿九穩了，再下注兒。不像老柏，猜謎算卦一樣蹚著來，還以為自己多大的面兒呢。不怪那麼喪！

第二天，老魏就回了話，他的髮小去王淑姬辦公室了，王也很熱情。但是，王淑姬說，她剛來，單位女的也太多，很多女的扎到事業單位，就是為了好混。她不想再要女的了。

紅衛在那邊很激烈，她說：「我正是不想混，才要到創作中心呢！」

「我知道。」老魏說，「你的名聲誰不知道？當年寫《曹操與文姬》，萬人空巷！可惜這娘們兒，她什麼都不懂。她跟我髮小說她不知道你是誰。看看，多沒水平！還宣傳部的呢。」

老魏憤憤然，他後面的話，雖不是故意溜拍，但一定程度上安慰了楚紅衛的心。她鎮靜了一下，反過來安慰老魏，說：「謝謝，雖然你的髮小沒有說成，但人家那份情意，我記住了。找時間，要謝謝他。」

老魏說：「這就不用客氣了，我們比親兄弟還親，有交情的。我抱不平的是，管文化的幹部，都不懂文化，沒文化！還女的太多，這又不是配種站，要分公母。一個創作單位，有創作能力才是進人的標準呀。」

老魏的比喻雖粗俗，但也貼切。看來他真是沒有白愛一場文藝。這樣想著，紅衛說：「要不，晚上我請您吃飯吧，把你的髮小也叫上。一起坐坐，謝謝人家。」

「我髮小沒時間，你不知道他多忙。我呢，事兒也沒辦成，無功不受祿，算了，不去了。」

「雖然沒辦成，但心意我領了。那就再找時間，我請你們。」

老魏說：「去什麼飯店呀，花錢又不衛生。我去你家吧，到你家說說話。吃飯，是次要的。」

「呵呵，我可不會做飯。」楚紅衛說。

「我會，到時候我來。」老魏說。

楚紅衛那顆亮堂的心，一下子又充滿了陰霾。

太膩味人了。這一輩子，如果不是她的邀請，她最恨，也最煩，哪個男人說，「我到你家去看看」。怎麼，單身的女人，家中就可以隨便來進？凡是說這樣話的，她都視為下流。

好在老魏那邊有電話進，他掛斷了。

楚紅衛剛才接電話是跑到了樓下，她的辦公室有三個人，當著三個人的面兒，說自己的私事，肯定是不妥的。她怕大傢伙兒笑話。原來的老同事，走的走，退的退，已經沒多少人了。現在新進來的，真如王淑姬所說，事業單位，都是混事兒的。哪個單位都一樣。她們不再埋頭鑽研學問，而是大張旗鼓整項目，這也是鄢懷院長喜歡幹的。在她們眼裡，楚紅衛，當年曾經名聲很響的創作人員，現在太不隨大流兒，很怪，可能是單身單的。

楚紅衛回到辦公室，對著電腦發呆。「忍一時卵巢囊腫，退一步乳腺增生，晉半格前列肥大，升一級滿頭禿頂。」——周圍這些同事們，有多少都在這四句讖語裡循環啊。這樣憋屈的生活，誰又能不長壞東西呢？這一整天，可以用雞飛狗跳來形容。大早上，說是上級要來檢查，從前檢查都是各自職守，屋裡等。現在可好，鄢懷不僅自己下樓去親自迎接，他還讓大夥兒，也排好橫隊、縱隊，站在樓下。

說好九點來，他讓辦公室通知大家八點半就站在冷風中了。可是到了十點多，人還沒來。電話來了，說是在別的單位耽擱，要稍等一會兒。站著的這些，開始都直直的，站久了，冷風中，鼻涕、哈欠。紅衛以為大家和她一樣，煩死這麼幹了。可是她左看看，右看看，排隊的，都很安然。紅衛個子高，她應該站後面，可因為部室排隊順序，她站在了前面，樁子一樣戳著。因為昨天有通知，今天大家都挑了好看的穿上。好看抵擋不了風寒，很多人都凍得抖，嘴唇都紫了。可她們狀態是洋溢的、興奮的，不覺站著無聊。後來，快到中午了，電話又來，說是上級不過來了，另一單位沒檢查完。肯定是在那裡留飯了，鄢院長也失去了嚴陣以待的表演興趣，匆匆解散大家，回屋了。

下午，又要大家到一個著名的會場去看展，受教育。不但要求提前半小時到，入場，還命令大夥兒，坐下以後要安靜，「爭取我們單位的人第一波到，形成方陣，坐出我們的特色、形象」。

動不動就形象，楚紅衛煩死了這些。人又不是死木頭，開個會，也這不行、那不行。待她趕到會場，發現不僅點卯簽到，還有紀檢的人，特務一樣躲在門柱子後面，在查人數，悄悄監督。

這是在搞什麼呀！看個展，也像拿槍口逼著一樣。你們這麼幹蠢不蠢呀！還文化自信，就差拿繩子綁來了，這是自信嗎！

主題展她看得很分神，因為厭倦，她一邊移動一邊想，不能再這樣下去了，大好的時光，都熬煎沒了，離開，必須離開！安靜下來，創作，只有創作，那個叫靈魂的東西，才能安生，才能獲得一會兒，人的樣子。

展覽散場，楚紅衛沒有回家，而是回到了辦公室。她不再發呆，在電腦上敲下了一行字，那是她崇敬的一位作家寫的：

當下的人們，都在以現世的滿足而漠視理想的掙扎，以凡人的自得來嘲笑修道者的壯烈……。

10

「枯榮過處盡成夢，得失兩忘便是禪。」——那個叫梁愛的女人在臨摹，詞兒不錯，她臨的水平卻一般。

宣傳部幹部，能寫會畫，近六十歲的年紀卻有妙齡少婦的身材。梁愛邊寫，楚紅衛邊給她用紙蘸，很專業的樣子。強身健體，延年益壽，不只男領導們熱愛，女幹部們，增添這一雅鍛鍊的人也越來越多。如果此時是一男子，就有點紅袖添香的味道了。這裡是本省一年一度那個最重要的大會，人精薈萃，大會要閉幕了，為了讓大家舒舒筋骨，緩緩神兒，大案子擺上，筆墨侍候，愛寫的，盡可龍飛鳳舞一番。梁愛不只會寫字，她還能唱會跳，從前在工會幹過，和老柏都是戲迷、票友。和楚紅衛相識後，很快表姐妹一般，有親有疏，甚是客氣融洽。

另一邊，魏建設躬著腰，也在寫。毛筆字已成公職人員流行的一大愛好了，也算藏身暗器。楚紅衛也會。但她今天沒有秀，謙虛地看著梁姐寫。這些埋頭苦秀的代表，寫春聯，寫福字，裡裡外外圍了好多人。這時，人群突然豁開了一道口子，是迅速豁開，救護車駛過一樣。有人說：「戴主席來了，戴主席來了。」

戴主席是這個大會的主角，現在，他要離場。紅衛看著他的背影，個子不高，步伐堅定。有人小聲說：「戴主席，也給我們賜幾幅墨寶吧。」

就有掌聲響起來，響得克制、熱烈、試探。

戴主席沒有停下腳步，雙手抱拳舉了一下，舉得親和而不失尊位。他說：「下次，下次。」

「戴主席那字，可是好！」有人議論說。

「那是，那是，當年才子筆嘛。」旁邊的人附和。

梁愛停下筆，目送著戴主席的背影，說：「和領導比起來，我們這就是瞎寫！」

很多人說：「那是，那是。」

紅衛拿著蘸過殘墨的宣紙，閒看。跟老魏，像不認識一樣。這是老魏最喜歡的狀態。他多次跟紅衛說：「有事，我打你電話，你可千萬，別打我。」紅衛完全明白老魏的心思，想撩騷，又沒膽兒。想家室外有個紅顏女人，因水平不高屢屢模仿拙劣。只顯得猥瑣。

秀技的熱情被戴主席這一走過，沖淡了。有人還在小聲說：「戴主席人好哇，在宣傳部那會兒，他成全了多少人！幫助了多少人！」

「才子加實幹型，才有這麼多人擁戴。」老魏在一旁說。他們可能都希望，自己的頌揚，能飄到戴主席的耳朵裡。

到了吃飯時間，一桌一桌的，梁愛和紅衛挨著。她問紅衛：「臉色不太好，是睡不好覺吧。」紅衛這段時間從蒙圈狀態，進入了魔怔，她基本見人就說，她遇到的問題。梁愛聽了，若有所思地說，她倒是跟王淑姬一起工作過，不知道人家，現在還賞不賞她這個臉。

聽梁愛這樣說，紅衛就像又抓到了稻草，她馬上眼睛放光，說：「梁姐，你幫我，我會感謝大恩的。明天閉會我去你家吧？」

梁愛考慮了一下，說：「先去我辦公室吧。」

楚紅衛確實處在蒙圈的狀態，她的邏輯是，人多好辦事，這就像大海沖浪一樣，更多的浪流，合一起，是不是會把她推上岸呢？如果都幫了，事後，就會挨個感謝，謝謝所有人。可是她不知道，她犯的正是辦事規則大忌，就是求的人多了，所有人，就都開始撤梯兒了。

這是一個不該犯的低級錯誤，可惜，她還不懂。

楚紅衛撒謊請假，又說上郵局，其實，她來到了省委大院。她不知道，大院已森嚴得像監獄，站崗的門警，荷槍。而且多少米內，不許靠前。她好歹穿得不像上訪者，那荷槍的讓她繞到另一側的門，去登記、出示身分證等。

紅衛背著個大包，很重。會上梁姐誇過她大衣漂亮，她就去買了件新的。她做了充分準備。當她打梁姐辦公室電話時，沒有人接。打手機，也無人接。站在門口，她不知該咋辦了。站了整整半個小時，再打，還打不通。打不通就不可以進，門衛看著她。她又等了半小時，電話沒人接，她猶豫著，轉身。

沒有車，大院門口，不許出租停留。她腳下千斤重，幾乎是挪，背著大包一步一步往回走。

自己昨天聽錯了嗎？她看著灰濛濛的天。這時，手機響了，是梁姐打來的，她說自己剛才忙著幫領導搬家，沒在辦公室。現在回來了，問她在哪兒？她說在大院門口。

困境把她的腦子燒糊塗了，梁姐這樣待她，她還抱著幻想。撒謊說自己在大門口。其實她已走出了兩個路口。

梁愛讓她別動，在大門口等著。她馬上出來接她。

紅衛像被花子拍了一樣，「嗖」地跑起來。肩上也不沉了，腳下也不重了。她跑著，回到了大院門口。又等了有一刻鐘，梁姐才出來。她沒有領她回辦公室，而是說：「走，回我家，就在對面。」

紅衛在梁姐家吃了家常的晚飯，也獻上她的心意。梁姐說：「不用這麼客氣。」明天，她就給王淑姬打電話！

11

文藝中心的男人，可能是吃得太好，都在朝著一個體態發展——土肥圓。不只是曲重、儲升，現在連馮麈，也又肥又圓了。他坐在儲升的對面，椅子腿不時發出「嘎吱」一聲的響。如果不看臉，單看脖子，身板，包括那夾克衣冠，他們就像一對孿生兄弟。

馮麈耷著頭，在聽儲升的喝斥、訓罵，罵得他的臉都白了好幾輪了。讀過書的男人罵起人來嘴更損，損得馮麈的心臟像被鐵碾子碾過，碾得他全身血脈浪花一樣蹦濺。他泥一樣癱著，一句話都不敢反駁。從前，他們是同事。現在，儲升已經是他的上級。馮麈怕他到骨子裡。曲主席在時，老曲聽他的；現在，王淑姬，依然牢牢倚重儲升。人家就有這個本事。馮麈不敢忤逆，他這個主任的帽子，是儲升賜的。

「你看看，你看看，那麼簡單點屁事兒，讓你拖到了現在還沒解決。能幹幹，不能幹早點說話！願意幹的人有得是！」

儲升嫌他一件該下狠手的事沒幹好，拖泥帶水，留下了麻煩。

馮壥的臉更白了，汗也淌成了溜兒，快受不住了。他平時有高血壓、高血脂、高血糖，這些病都是隨著肚囊的鼓起伴隨而來的。他兜裡平時一直揣著個小葫蘆，那是救命的。此時，他的手緊緊揑著，把小葫蘆瓶攥出了汗。儲升的罵詞反覆循環，他的血壓就高高低低，一直上上下下。偶爾抬頭，目光不敢對視，頻頻說著：「是，是，是我沒有辦好。我錯了。」

「什麼他媽的你沒辦好，你就是沒有用心！要是你自個兒的事兒，你他媽辦得比誰都好！你他媽的……」

句句不離「媽」。這是馮壥最難過的。他的老娘已去世多年，在世時感情並不深，他也不怎麼孝敬。可是眼下，這個並不是他爹的男人，這樣頻頻提他的母親，他的心臟因為快跳而太疼了。

多虧有個電話，救命的電話來了——儲升的手機響了，像是他的某個爹，儲升的臉，也一下子變得像馮壥了。只是他慘白過後，又是暗紅。他用手背兒向馮壥擺了擺，馮壥得大赦，逃也似地出來了。

踢哩趿鞡，馮壥手捂著胸口。他覺得他的胸太悶了，在走廊拐彎遇到人，裝作上廁所躲過。還要不要回辦公室？他略一遲疑，決定直接下樓開車回家。

出了大門幾百米，馮塵的眼前越來越黑，車技本來就不怎麼樣，現在，他感到胳膊和腿都不是自己的了。想靠邊停車，腳卻踩了油門，車頭尥蹶子的馬一樣一蹶一聳，差點撞樹，終於停下了。馮塵重麻袋一樣滾下來，抱住樹根開始狂吐。

一個老太太慢悠悠停在跟前，納悶兒地說：「這大白天的，咋喝成這樣？」

馮塵掏小藥瓶的力氣都沒有了。

楚紅衛在款款地走，她今天的心情好極了。柳暗花明，不這樣慢慢地走走，不足以品味心中的幸福。

她會永遠記住今天的日子，在這個冬月，在即將開始的春天，她終於，要迎來她人生的好日子了。

半高跟鞋本不適宜走長路，可她一直在走，且走得腳步輕盈。此時，腳下的凸凹、痰漬、狗糞、下水窨蓋兒的凶險，她全不在乎。即使踩了狗屎，又如何呢？她此時的心情遼闊得像宇宙，什麼都能包容。她還打算在外面吃個飯，再回家。慢慢享受這份光明和希望。她這樣想著，就看到了癱在樹樁根的馮塵。

苦膽汁都吐出來了，馮塵的腦袋耷拉在胸前。楚紅衛顧不得髒，她小碎步跨上來，蹲下，用手托馮壢的腦袋。此時他的腦袋，跟喝醉酒一樣，很沉。她問他：「怎麼啦，這是？」

馮壢說：「難受，難受。」他的力氣只夠說出這兩個字。

還想伸手指車，楚紅衛明白了，她伸他兜找鑰匙，沒有，看到就在他腿邊。鑰匙很髒，她捏著慢慢扶起馮壢，說：「走，我送你去醫院。」

馮壢勉強站起，這時楚紅衛看到他的兩隻腳，竟然左腳是一隻皮鞋，而右腳穿著懶漢布鞋，平時在辦公室，他們就是腳踩懶漢布鞋的。他怎麼穿著這樣兩隻出來了？

馮壢也看見了自己的腳了，他嘟囔說：「他媽的，著急去儲主席辦公室，鞋穿錯了。」

紅衛把著方向盤，穩穩向前開，心裡在想：他得多怕他的上司，那個壞得冒煙兒的儲升，才屁滾尿流成這樣，把鞋都穿鴛了。

到了醫院，急診的醫生很有經驗，他初步檢查一下，問馮壢：「為什麼事兒著急了吧？這個歲數，可急不得。」

馮壢捂著胸口，說：「就是悶。悶得慌。」

他沒說他是被罵的。

醫生給開出了藥方，一瓶鹽水，外加點人參營養液什麼的。楚紅衛跑上跑下拿藥。馮壢眨嘛著一雙小眼睛，盯著她後背看，他的心情應該是複雜的。這個女人是因為他蒙圈的，蒙了圈，想換工作，費勁巴力。那老儲，根本就不是善類，她能進來？現在的王淑姬，處處都聽老儲的，她一條道走到黑，南牆在那擺著呢……。想到這些，一絲比慚愧更複雜的東西，讓馮塵心亂。他看了看所剩不多的藥液，說：「行了，拔了吧，回家。」

回來的路上不堵車，很快就到家了。自從他們分開，她是第一次登他的門。以德報怨，楚紅衛沒這個境界。她今天能這樣做，是因為心情，她得救了，她在用全身心，回報這個世界。別說遇到的是馮塵，即使別人，她也會這樣。

馮塵的房子是老破小，本來是留給兒子的。年輕時打算和楚紅衛混到白頭的，後來他發達了，再在紅衛家不方便，他也不甘心，就拎上他的小皮箱，回了老巢。再組的家庭分手非常簡單。

楚紅衛看到，在馮塵家那張破舊的飯桌上，是昂貴的茶葉。落滿灰塵的書櫃門裡，摞著成條的高級香煙。有人送，馮塵就把煙也吸上了。廚房門後，拐角處是成箱的白酒……。楚紅衛略略明白他起義的原因了，並且是，這一次「革命」再也沒有回頭。

她給他燒了熱水，煮了熱粥，然後打算走。馮塵一直躺在沙發上看她，她不回頭，也不跟他目光對接。馮塵看她要走，問：「你怎麼走到了我單位門口？」

就像馮壆不願意回答她為什麼自己高血壓犯了一樣，紅衛也不願意告訴他，為什麼走到他門口。其實她去的地方，就在文聯大樓的對面，她今天得到了神助，她見到了上帝之手。

馮壆猜出幾分，說：「還折騰呢，別瞎折騰了，湊合著，到號有工資發，就得了。創作那事兒，能寫多少算多少唄。」

「沒有一定的硬關係，折騰半天，人財兩空！」

楚紅衛一下就火兒了，她聽不得喪話、咒語。她說：「我只想安下心，有個創作環境，怎麼就折騰了?!」

「又不是想當官兒，這丟人嗎?!」

馮壆笑了，說：「想當官兒不丟人，你這整不成，才丟人，還讓人笑話。」

「我就是被你害的！」楚紅衛突然咆哮，「當初，不是你騙我，耍賊心眼兒，我能有今天?!看笑話，願意看就看去，值得笑的是他們，一個一個，小丑當道，狗尿苔坐金鑾。你看看，曲重、儲升，一個一個的，除了打麻將，就是半夜去桑拿，髒得『人』的兩撇都不配，還什麼主席……」

「打住，打住，趕緊忙你的去吧，別再氣我高血壓犯了。」

馮壆看在她剛剛搭救的份上，沒有跟她再嗆。

「看你嚇得，拿儲升當爹呢。對你爹，也沒這麼怕。」

「真是個傻娘們兒，就衝你這張破嘴，什麼都敢說，好事，也能讓你辦砸！等著吧。」

紅衛不等他說完就出門離了他的家，打出租（搭計程車）回到自己家。她也給自己熬了一鍋新粥，能聞到米香，很有食欲地坐下來，邊吃，邊回味這幾天發生的事。

梁姐第二天，就給她回了電話。但不是好消息，王淑姬沒有給她面子。在接下來的聲討中，紅衛意外獲得一個新的信息（訊息），即當初梁姐和王淑姬同在一個部門，小王人長得俊，說話嘴也巧，就是文字材料拿不起來。分她頭上的任務，不是說孩子病了，就是請假家裡有事兒，反正所有的活兒都是梁姐替了她。那時她一口一個「梁姐」地叫，現在呢，完全變了腔兒。不過也能理解，仁不當政，慈不掌兵，沒那狠心腸，也不能讓老戴為她賣命。一個連半頁材料都拿不起的人，三整兩整，能整上正廳，說明有幾下子。那老戴可不是吃素的。

老戴，不就是那天救護車一樣駛過的男人嗎？梁姐說：「老戴也厲害，從一個小學教員，幹到了省級領導，他們行塘幫抱團兒。」

紅衛匆匆掛掉了梁姐的電話。戴主席是行塘人，她想起來了，柳眉丈夫的合作夥伴，她說過的一個鐵哥們兒，不也是行塘幫會的嗎？那人最初做生意，好像就是一位交通廳的處長罩著，也姓戴。楚紅衛隱約知道戴主席曾經是處長、廳長、部長，直到現在的主席。

她打通了柳眉的電話，說明王淑姬那兒，只有戴主席說話，才好使。而這個戴，誰能攀上關係呢？她指出了行塘。柳眉一拍大腿，說：「繞來繞去，繞了這麼大的一個圈兒！」

柳眉仗義，第二天就帶她去那個朋友的辦公室了。朋友當著她們的面，給戴主席打了電話。戴主席那邊很爽快，聽了她們的介紹，說：「應該的，發展本省的文學事業，人才嘛，就應該發揮所長。」

「看見沒，官兒大，倒好辦事兒了。」柳眉嘖嘖。她倆在回來的路上，一同懷念起「那個人」，柳眉說：「你當初，不那麼任性就好了。」

「是，那時太年輕。」楚紅衛現在恨死了自己。她覺得所遭受的一切，現在都是活該。

在她們說悄悄話的工夫，嚴祕書打來了電話，直接打到了楚紅衛的手機上。嚴祕書更詳盡地問了一下楚紅衛的簡歷，結束時還說：「楚老師我知道您，在宣傳部那會兒，您的《曹操與文姬》我就看過。戴主席說了，您這樣的人才到更適合創作的地方，是好事，會支持的。您放心吧。」

那一刻，楚紅衛覺得自己石化了。有多久，她沒有體味到這份人與人的尊重了？上級對下級，天天像獄卒，包括開會時的訓斥。柳眉也聽到了嚴祕書的話，她比紅衛還激動，和紅衛像兩個革命者那樣，四隻小手緊緊地抱攥在一起……

那天她們本來是要一起吃飯的，柳眉丈夫突然來電話，有急事，要她回。紅衛從不遠的茶樓走出來，沒走多遠，就看見了癱在樹根兒下的馮塵。

12

楚紅衛坐在小書房，回味著嚴祕書的話，像溫習功課一樣，一遍遍地回想。她太需要尊重了，太需要這樣的人與人之間。這份美好的希望像一面風中的烈旗，鼓舞著她的身心。她想就這樣靜靜地坐一會兒，安安神兒，如那句諺語：「慢慢地走啊，等一等靈魂。」

好心情沒過幾分鐘，手機的鈴聲就「噔愣噔愣」響起——紅衛皺起了眉頭，她接通，是魏建設魏處長。

他問她：「幹麼呢？」她沒等說出幹麼，他自己搶著說他剛吃過飯，就在她家附近，是和幾個哥們兒。現在他們都走了，剩他自己。想來她家，坐一會兒，聊聊天兒。

紅衛舉著電話，有點支吾。她奇怪，他怎麼知道她的家呢？

魏建設說：「你忘了，我問你過，你說在故園小區。」

楚紅衛想推脫可撒謊的智力跟不上，她說：「你們吃什麼飯，跟誰吃飯？」——這有點純屬沒話找話，靠廢話拖延時間。

「一幫法院的哥們兒，」魏建設說，「結了個案，大夥高興。」

楚紅衛這時終於清醒了，她說：「不好意思魏處長，我家不方便待客。平時親戚都很少來。」

生硬的口氣讓那邊沉默了。

她又有點於心不忍，畢竟，魏處長為她也費過心。她和緩了一下，說：「要不，我下樓，這附近有茶樓，我請您喝茶吧？」

魏處長沉吟些許，聲音凝重地說：「小楚，我知道，事兒沒辦成，你也不會歡迎我。我這是剃頭挑子一頭熱了。嗯，沒事兒，沒事兒，你忙你的，就當我開了個玩笑。忙吧，忙吧，我走了。」老魏掛斷了電話。

這個電話，讓楚紅衛不再等一等靈魂，而是覺得自己體內根本就沒有靈魂。坐在這裡，僅是空殼兒。——「我要是有柳眉那樣的身體，就好了。」她對著牆壁嘆了口氣。

其實老魏人還是不錯的，既不像老柏那麼喪，也不像馮塵那麼娘。五十多歲了還有一頭濃密的黑髮，牙齒也緊密、潔白。個子不高不低，沒有中年大肚男的油膩。還讀過些書。

他的所有指徵都表明，他是個守家、規矩的男人，剛萌動的春心，行動起來還顯得笨拙、失據。他不像曲重、儲升，長期酒精、女色泡著整個人呈現狀態都是糟的。他還有活力，楚紅衛明白他的心。只是，紅衛知道自己，她迎合不了這些。

這世間，除了同性戀、異性戀，是不是，還有她這樣一種無性戀？紅衛坐在她的小書房，頭仰在椅子背上，看天花板。自從母親把她過早地送進學校，不夠年齡卻早早地上了小學；不到成人，又早早工作，扎進成人堆，春行了冬令；她就像被世間強扭下的一隻瓜，始終是青的、澀的。什麼都比別人晚半拍兒，跟不上趟兒。用別人的話說，像缺心眼兒似的。是文學和閱讀，填補了她枯索的心。一方面，表現是極其的弱智；另一方面，又秉賦驚人。短暫的婚姻，因她對肉體的厭倦，而草草結束。馮塵找她，精神之娛更多一些，因為都讀了大量的書，趣味、幽默，讓他們的拌嘴常常像說相聲。單著的日子，很多人嚼舌，儲升當初給曲重扯的那通淡，說她跟「那個人」怎麼怎麼、如何如何，無非還是男女。其實，只有她自己知道，自己是怎麼回事。與那個人，又是怎樣的過程。

那還是文學最好的時代，也是人心最浪漫的時代，那時表達愛可以用眼神……。她寫了《曹操與文姬》，劇本成功，坊間也沸騰。他是她的上級，欣賞她的才華，她也敬慕他的能力。作品中的人物關係，非常像他們兩個人……。好事者報告給了他家的夫人，夫人電話討伐，座機鈴每天「叮鈴叮鈴」。她實在受不了了，把電話打給他，讓他管好自己家裡的人……。別人上演第三者因果明確，因錢，因欲，因情，她這個則陷入了人人不信的死循環，致使夫人投鼠不忌器，她也玉碎瓦不全。傳言竊竊，只有她心裡是清楚的，每想到這兒，便想唱杜十娘那段：

可憐我數十年含悲忍淚，枉落個娼妓之名。

一生都要過去了，卻不懂愛，不會愛。楚紅衛悲傷地閉上了眼睛。

13

這天早上，紅衛接到了王淑姬的電話。王淑姬在電話中親切、溫和，像她們認識很多年。她讓紅衛有時間，來她辦公室一趟。

紅衛當天就來了，這次王淑姬煥然一新，職場女性的美，一個廳級大佬的氣派，王都有。她聲音也非常好聽，沒有繞圈子，開板就說歡迎她，此前不瞭解，現在，知道她不錯，創作成績很大。「本省的創作需要再上一個新臺階。」

楚紅衛忐忑得厲害。她怕像曲重那輪一樣，當時曲重就是說得熱情洋溢，然後沒幾天，聽儲升說壞話，又心思猶疑。現在，她要不要自己主動解釋一下，從前與「那個人」的關係呢？免得過兩天，已經生了氣的曲重再下舌，把這事攪個七葷八素再生差池？這樣想著，紅衛顯得木呆。王淑姬不解，眉頭也皺了起來。按說，紅衛正常的反應，應該歡天喜地才對，此時她咋這個樣子呢？

這時，楚紅衛才像醒過神兒似的，她站起來，從包裡拿出一個精美的小盒子，獻上去。王淑姬連連擺手，說不要。楚紅衛打劫一樣，強行地，像上次來曲重辦公室一樣，兀自拐到裡面，一貓腰，放下就跑。

回到家，她給柳眉報告好消息。柳眉告誡她，別高興太早，要吸取上次教訓，趕緊地，別夜長夢多。

這話提醒了她，她聽王淑姬說，接下來，她要跟班子裡的其他人商量一下。最難商量的，不就是儲升嗎？儲升的揚言大家都知道，他說過：「讓誰進他沒有絕對的權力，可是，不讓誰進，也就一句話的事兒。」

他還舉實例誰誰，創作成績也很突出，都上黨組會了，讓他一句話，就給攪黃了。這個例子紅衛也熟，她知道那個女作家，下面一個地市的，所有人工作都做完了，唯忽略了儲升，最後就完蛋了。

紅衛又給柳眉打電話，商量還得找老柏、老王，他們跟儲升有校友的關係，一起吃吃飯，說小話，過儲升這道閻王關。

柳眉說：「老柏現在對這事兒不積極，你不妨，直接給儲升打電話，看看他的意思，再行動。」

紅衛覺得有理。第二天，當紅衛打通儲升電話，說「大家一起坐坐」時，儲升更直接，他說：「坐什麼坐，一堆人吃飯怪累的。你想幹什麼，直接說。」

紅衛說：「要你高抬貴手。」

儲升在那邊笑了，笑得很乾，類似於奸笑。他說：「小楚你眼裡還有我啊？也有求著我的一天啊。行吧，這樣吧，不用一堆人吃飯，我也想找你聊聊呢。晚上，去槐嶺園的『三味茶』，喝喝茶就行了。」

那是儲升小姨子開的一個茶樓，楚紅衛知道。

這是要狠狠地消費一筆啊。都說他壞，其實，他更狠。

按照儲升的指點，打電話訂下了房間。來到時，房間寬大得像廳堂，又是紅木又是絲緞榻的，桌上擺著很多乾果，還有鮮花。也沒訂這些呀？都給擺上來了。楚紅衛的心瞬間像被切去了一塊。都說他狠，名不虛傳。

茶話，和一個男人，楚紅衛顯得笨拙。她來到這個城市後，最常在一塊的人，就是柳眉了。那也基本是吃飯聊天。現在，儲升一杆子給她支到茶室來，肯定比飯還貴。儲升愛錢、貪財，大家都知道。她來前給他買了卡，怯怯地遞上去，什麼也沒說。儲升笑著接過，也什麼都沒說。然後，他「嘶哈」地喝了一口茶，再重述一遍他的重要性，即他沒有絕對的權力讓誰進，但不讓誰進，就是一句話的事兒。楚紅衛趕緊點頭，連聲地說著：「謝謝，謝謝。」接下來，儲升有一會兒沒有說話，他斜倚著身子，覷視對面，說：「小楚，你老了，當初，我認識你時，你才二十來歲。」

楚紅衛像檢討一樣，點頭，再點頭，說：「嗯，是老了。」

「老馮找你，當初是看上你漂亮。」儲升又坐直了身子，再微微前傾，高度近視鏡片的後面，那對小眼睛，只能用猥瑣來形容了。

楚紅衛真是個缺心眼兒的女人，此時，她的心像蟲子般拘攣，全身也起雞皮，她竟然，對儲升流露真實，痛斥說：「馮塵就是個騙子。」

儲升又笑了，他笑了好幾聲，然後又把身體向後仰，雙手抱著頭，兩腿叉開，說：「你們分開也好，不然，你是沒有資格來這單位的。」

聊到最後，紅衛記得儲升向她打聽一種石頭，那種石頭已經很多年都見不到了，那是一種很好的玉。儲升說：「你們女人都喜歡這玩意，真的、假的特門兒清。如果是真的，玩玩還有點意思。」

說完就走了。楚紅衛當然懂得，她現在的脖子上，就戴著這麼一塊。是「那個人」給的。她送了他一本書，他的紀念是一個墜，此後她一直戴在胸前，洗澡、睡覺都不摘。已經是身體的一部分了，她怎麼捨得送人呢？況且還是那樣一個人。結單時，按以往的習慣，楚紅衛會把桌上的剩餘帶回家，況且都是很貴的乾果。但她瞅了一眼，沒拿。擺得整整齊齊的乾果和水果，沒人動過，擱在那兒像供品。

14

她認識儲升很多年了，但還是第一次，坐得這麼近。人人都說他壞，壞得冒煙兒。楚紅衛覺得說不出怎麼個勁兒，就是怕，他笑瞇瞇不動聲色也讓人怕。上一次，馮壓那左一隻腳、右一隻腳穿錯的鞋，就是他給嚇的。以馮塵這麼哈拉皮帶板筋的性格，都讓他嚇成那樣，可見他的陰。

楚紅衛聞了聞自己的袖口，出了幾身汗，加上煙熏，一定不好聞。兩個小時，整場，她都沒敢和他對視，也不看他的臉，他說什麼，她就應、答，像是多麼乖順。其實在她心裡，屢屢走神兒——「是什麼，讓儲升成了現在這個樣子？他年輕時，聽說非常有理想，因為理想，才放棄了大機關，到這樣的清水創作單位。他如果上面有人，也像王淑姬一樣得到提拔，是不是，他的面目會好一些？永遠屈居第二，永遠要當太監侍候人，眉目、心腸才越來越擰歪，越來越邪毒？」楚紅衛神思八方地想著。辦公室送來一沓表格，每年的十二月份，大家都要忙著填表。她煩死了這些無效操作，空耗時光的形式主義。但此時，她沒有皺眉頭，儲升這一關也過了，眼前的一切，都就要結束了。知道她要走，同事的目光也都變得和善，大家是歡迎有人先下車的。

快下班時，又開了個全體會。一句話可以通知的事，為什麼總是喜歡開會呢？鄢院長隔三差五，兩隻小短手不在主席臺上奓煞奓煞，給大夥揮一揮、砍一砍，他就不好受。這些楚紅衛都理解了。今天的內容，是強調幾個項目，讓各部門抓緊推進，抓緊支付。年底錢去不出去，要被收走。

這份工作楚紅衛很慚愧，其實就是她們部門的人，在百度上蕩巴蕩巴，輯印成冊，錯謬百出呢還叫成了《地方戲大典》。公路豆腐渣還有被發現的一天，而她們幹這活兒，印完了，歸倉落灰，沒有人再翻看的。楚紅衛說過：「所謂文化項目，就是糊弄上級騙錢的。」——她這樣的話傳進了鄢院長的耳朵，鄢懷就更敲打她踢足球的別混在籃球隊了。現在好了，知道她要走了，鄢懷院長看她的目光也慈祥了幾分。

紅衛看看窗外，天都要黑了，再不走就堵車了。她起身，裝作要上廁所的樣子。敢於在開會時上廁所，還提前溜掉，也只有她。是要離開給了她膽量，膽兒大得有點破罐破摔。

15

這些天，楚紅衛像踩在雲朵裡。商調函已經發來了，內心的狂喜讓她既萬丈波瀾，又表面沉默不語。她覺得這是她一生中，最重要的時刻了。有一段話說，每一個民族，都把最珍貴的，置於蒼穹之上，那是世俗人所遙不可及的，比如信仰、宗教。現在，在她心目中，安心創作，有一個可以安心創作的環境，是她最珍視的、寶貴的。她無力舉臂於蒼穹，只有深深埋藏於心底。雖然很多人都知道了，那個寫《曹操與文姬》的女人，要專門去從事創作了，是個好地方，有的人還主動與之攀談，她一直支吾少言。她不願意觸碰，那心底最崇高的一塊，她怕一哆嗦，碰碎了。

和柳眉，也像革命者之間，心裡都明白，表面，更加守口如瓶。她們打啞語一樣，等待著最後的勝利。她們已經商量好，待全部辦定，人到崗了，她們會答謝所有，包括曲重和儲升。

在這種心情下，她也原諒了馮壆，和馮壆像老朋友一樣，又開始來來往往了。

窗外，下著小雨，又是清明。楚紅衛在衛生間（洗手間）收拾著東西，馮壆坐在她的小書房，等待修繕的工人。前幾天衛生間（洗手間）牆壁的瓷磚掉了，如果任由其掉下去，很危險。她約好了工人，請馮壆先來，是臨時扮演一下這個屋子的男主人。楚紅衛害怕民工們看出她一個人生活。

自從救了他一命，馮壆改變了很多，時常打電話，問楚紅衛願不願意一起吃個飯。紅衛基本都謝絕。但是自己家裡有安裝、修繕類的工作，叫馮壆，有的馮壆自己就幹了。有過那麼幾次，楚紅衛以為他們還會像從前一樣，馮壆依然會回到這個家，只不過會提高酬碼，再談些條件，比如他掙的錢，要儲給兒子什麼的。但她等來等去，馮壆始終沒開這個口。就是特事特辦，修完即走，一碼歸一碼。

這使她也明白，今日此馮塵已非彼馮塵。

突然，她聽到了「哈哈」的笑聲，那是她不熟悉的，馮塵少有的笑聲。急忙跑過來看，原來是桌上正寫的一行字，被馮塵看到了：這個國家它不是讓我生氣，就是讓我傷心。——忘了用引號，馮塵以為是她寫的，揶揄說：「真遺憾啊，楚老師本來是塊昂山的料，最次，也是高麗棒子小朴吧。可惜，可惜，可惜了～～」——他把「了」拉長拉拐，唸成了「了結」的「了」，說：「我們沒有那一票。」

這要是放從前，紅衛會接茬兒和他逗，諷刺幽默，逗哏、捧哏，自我嘲諷的樂子也隨手拈來。可是現在，不同了，終不是一家人，再說，她還藏著祕密呢，哪能隨便太貧。

她剛想說：「那是大文豪——」沒說完敲門聲響了，兩個工人到了。

牆磚掉，純是樓上給泡的。樓上的房主是一個鎮上小官僚，他囤多套房，新房鑰匙拿到手後簡單裝修，自己不住，主要收租。租戶們一撥又一撥，太禍害人了，有凌晨下班的，有半夜出去的。小姐們倒是息聲斂氣，而那些飯店的小哥，快把樓板踩塌了。衛生間（洗手間），更架不住多人，污濁一直是漚著，當紅衛這裡的牆泛出河浪圈，四面的牆，已經都粉了。找樓上，房主和租戶互相推。報警，警察和小官僚是哥們兒，不來。馮塵勸她認倒楣，他說：「你惹得起那些惡人嗎？別說官僚、警察，就是雇的工人，你又敢怎麼著？」

是的，紅衛聽了太多民工返身用錘子鑿女主人的故事，凡是知道家門的，她一概躲、退、慫。她給工人端了兩杯水，還像喚自己丈夫一樣，讓馮塵過來搭把手。兩工人埋頭幹活，幾塊磚一會兒就貼好了，拿錢走人。

馮塵給的錢。

紅衛在桌上已經準備好了，只是怕工人看見，她還用一張毛巾壓著。看馮塵付了，她挪開毛巾，把錢抓起捲個捲說：「給你吧。」

馮塵看看她，咧嘴笑了一下，說：「真是個傻娘們兒。」

這一句，叫得紅衛心酸。愛情上、婚姻中，她恍悟馮塵是出過老千的，騙了她。以往的日子，她時不時湧起過恨。可是，現在，那恨又化成千般無奈、萬般複雜。人世間，最苦的就是男女情了吧，說不清，道不明，半斤八兩無法稱。上帝當初取了那一根肋骨，到底是何用意？難道，就是為了讓男女糾纏不斷人間有煙火嗎？

馮塵沒有急著走，主人一樣翹著二郎腿坐在沙發上。紅衛本想快點幹活，工人走了，她得收拾。可是，馮塵不走，她幹不成。

也奇怪，他是這個家的男主人時，總是盼著他回來。和他生氣的原因，多是嫌其歸晚。現在，他不是這個家的人了，是外人，多待一分鐘，都礙事。希望他快些走掉她好收拾。可偏偏，他不願意走，想多坐一會兒。

她問：「老馮，這段兒，你這儲升的馬仔，當得怎麼樣啊？他沒再搓咕你啊？上次因為什麼，把你逼成那樣啊？差點要命。」

馮壆的嘴抿了起來，使勁地抿，那是在抑制。他想笑，也想氣，還有點無奈。眼前這個傻娘們兒，這是心情好了，她的事兒快成了，心裡高興，又有心思跟他逗悶子、說相聲了。可是馮壆，這段並不好過，他鼻子裡「哼」了一聲，說：「你這麼缺心眼兒，還嘴欠！即使你到了新單位，也得把人得罪光。好不了，醋從哪兒酸的都不知道。」

楚紅衛直起腰，說：「說你主子了，怕吃掛落兒，你這奴才當得挺忠心呢。你親爹你也沒這麼怕過！一提儲升、王淑姬，你都嚇縮了骨，一個小屁處長子，有那麼了不起嗎？不當不能活？」

馮壆撂下二郎腿，站了起來，臉上沒了笑容，變得煞白。他說：「人都是越活越出息，吃一塹長一智。可是你，還是那麼虎，那麼飆，那麼不著四六！」

「我告訴你，就你這欠嘴，成的事也能讓你給整黃了！吃一百個豆兒不嫌腥，虎娘們兒你就虎吧！」

懟出的全是東北話，馮壆覺得東北話罵起人來生動、趕勁，直抒胸臆！

紅衛臉上的得意色也褪去，她聽不得半句不祥、咒語，她害怕任何的風吹草動。剛才確實有點得意忘形，她站了起來，送客。

馮壐走後，紅衛幹活的心思就分散了，她在想老馮最後的表情，那張臉瞬間就白了，馮壐一緊張，臉就白。他們過了十幾年，她對他是多麼地不瞭解啊。從前只知道他哈拉皮帶板筋，性子慢，可是，他機靈的一面、扮豬吃虎的一面，她怎麼從未想到呢？那麼慢的性格，不瞭解的人都說他老實，可是他老實的皮囊下，又包裹著怎樣一顆溝壑縱橫的心啊！

說怕儲升比親爹都怕，這下嗆到他肺管子上了，馮壐出門時眼皮兒都沒抬，不正視，不跟她對視。手上沒拎東西，也走得一歪一歪的，歪得堅定。「水滴石穿」，紅衛又一次想到了這個成語。

接著幹活，心思就不能集中了。馮壐說她得罪了多少人都不知道，成的事兒也能整黃了，這樣的話，她不要聽、不敢聽。是啊，她當著儲升他們的面，是低眉的，可是背後，她多麼鄙視，多麼唾棄他們啊。這樣的話傳到儲升耳朵，她所有的請客、孝敬，不都白搭嗎？

坐下來，倚在沙發上，看手機朋友圈。這是分散精神疼痛的一種方式。她用手指慢慢地滑著，有懷孕妻子被推下懸崖的，有家庭保姆一把火燒死母子仨的。她想起姐家的外甥女，佳寶說：「不談戀愛，不結婚，還能保財、保命、保平安。而談了，談不好，就太可怕了。」那麼年輕的女孩，都知道知人鑑己，她呢，真是白活了！

她現在想，和馮塵快速走成了一家人，應該是因為「那個人」。那時，「那個人」的老婆一遍遍在電話中叫她「小寡婦」，其實她沒死過男人，只是有過短暫婚姻。那凶悍的婆娘官大氣粗，罵得她對電話鈴聲都神經了，讓那個人管管他家的瘋婆娘，那個人只是落淚。她開始想自己的辦法了，她的辦法就是儘快摘掉「小寡婦」的帽子，挽起了馮塵的胳膊，有男人，就不是小寡婦了。天下女人都可以放心了。

頂著破鞋，勾引男人的名聲，這對她是個多麼大的諷刺啊。她是有先天缺陷的。馮塵面對她的死木頭，曾搬回黃碟做教材，電腦播放力圖誘導加輔導，被她一腳，踢碎了碟盒，二腳，踢翻了電腦，三腳，去踢馮塵……。後來，書讀多了，她才理解了自己，木頭和石頭。

與「那個人」相遇，他說：「我這一生，只喜歡一樣東西，就是才華。」她倚著他的臂彎，他一隻手的五指輕摁她的頭髮，說：「我希望你，好好做學問。人的一生，其實很短；在有限的時光，做點有意義的事。寫作的才能，不是人人都有的，那是上天青睞要珍惜……。」那份安詳，讓她像小時候偎著母親……。短暫的精神之戀，殘酷的紅塵現實，能容忍她不女人、石頭木頭的，除了他，就是馮塵了。和馮塵走近，她想用他結束過去，馮塵則是用她開創未來。她沒有孩子，沒有父母，沒有任何負擔。這是她的痛，卻成了別人的喜。這一點在以後漫長的歲月中，越加顯現。這讓她對「愛情」兩個字，格外心疼。
正滑著，一個新聞鏈接打開，是本省新聞：從今天起，全省幹部凍結。
一堵牆，又來了。

16

死熱的夏天過去，秋天都來臨了，幹部凍結還沒有解封。
這天，紅衛和柳眉一起吃飯，她問她：「那個事兒還那樣嗎？」她回答：「可不還那樣兒。」
她說：「聽說有的人，個別的，雖然凍著，可人家也辦完了，都到崗上班了。」
她一臉沮喪，說：「人比人得死吧。」她說：「也別太著急，這一段熬煎得，你都瘦了。」
紅衛摸了一下自己的臉，說：「何止瘦，簡直沒了人形。」
「是啊，咱也是領教了，挪個地方，得扒幾層皮。」
柳眉突然一舉她那白皙的小手，說：「哎，我給你講個樂子事兒吧，你不知道，那傢伙把我樂得呀，我家老韓都樂趴下了！」——柳眉開始眉飛色舞地講一樁糗事兒，也是為了給紅衛開心吧。她都快講完了，紅衛也沒做出一個笑的表情。她在走神兒，在對柳眉的命運浮想聯翩——擁千金者值此千金，不怪柳眉命好，人家就該有這個命！你看她的兩隻小手，那麼柔軟，那麼白皙，可是廳堂、廚房，拳打腳踢，侍候了丈夫，侍候兒子，侍候了兒子，侍奉公婆，還沒耽誤追求理想。她跟紅衛說過，恨不得長出三頭六臂，在時間的分配上，她週末怎麼買菜，怎麼包餃子，怎麼在包餃子的同時，還端出了十個菜，招待丈夫的那幫朋友。安頓了他們，她又如何躲到書房，在電腦上改完一篇稿子……。紅衛聽得倒抽冷氣，自己如果有她這一大家子，還不愁死啊。父母沒了，兄弟姐妹過年時讓她去家吃飯，她都嫌人多，浪費時間。偶爾，她只跟外甥女佳寶，那個小時候，她接送過、疼過的姑娘，一起吃個飯。柳眉真是能文能武，崑亂不擋啊。不怪人家有幸福的生活。」正這樣想著，柳眉舉過她的手機，說：「你看。」

紅衛看到，一行醒目的大標題：某省領導戴某某被立案調查。

——她倆都不動了，對著手機，長時間地不動，似默哀。

17

中原的冬天蕭索荒寒，乾燥的氣候，讓人們的臉，也跟這片土地一樣，一片枯黃。

幹部凍結終於解凍了，紅衛知道這個消息，還是王淑姬發給她的。她在微信上說，幹部已經解凍，她出差在外，但她已責成人事部門，繼續辦。

紅衛當時感動得都定那兒了，她本來正要開車，去上班，看到王淑姬還這樣對待她，主動發來微信，一時，她石化了一樣。本來，戴主席被調查了，她的事，王淑姬也就可以不再看那份情。也就不辦了。沒想到，她還說繼續辦，真是好人啊！

從夏天到冬天，她一直惴惴著，小心地看著王淑姬的臉色，如果她不再提這個茬兒了，她也明白，事就黃了。打過的幾次交道，她看不出王淑姬的心思，像不知道戴主席出事一樣，隻字不提。

這中間她開車拉[載]王淑姬去網球館三次，幫她提包兩次，活動後吃飯一次。都是沒解凍時。

現在，解凍了，說話管用的那個人，已經不管用了。她知道完了。接到王淑姬這個信息[消息]，她已經灰下去的心，又燃起了希望。她開始等。

等過了半個月，接到儲升的電話，讓她去一下他的辦公室。紅衛的心咯噔一下。儲升讓她尋找的東西，她一直沒有結果。乾巴巴地去，他要問起，她說個什麼呢？

沒想到，儲升開門見山，說：「小楚，別鬧了。」

「鬧」是冀州土話，別鬧，就是別整、別弄了。這裡的人當年鬧革命，說鬧；夫妻同床，也叫「鬧一鬧」；夜晚桑拿，嫖小姐，叫「鬧一傢伙去」！現在，楚紅衛的調動工作，他說別鬧了。

就是別辦了。

一股生理的不適，讓楚紅衛皺起了眉頭，顯現在臉上是憤怒，她憤怒地問：「為什麼？」

「我是為你好。」儲升說，「不好鬧了，太不好鬧。我們這兒，王主席這兒，倒是沒事兒。可上級，上級那裡卡著呢。人家說，你年齡有問題。」

「你再鬧，也讓王主席為難。」

「你說這些，是王主席的意思嗎？」紅衛問。她很困惑，王淑姬主動給她發的微信，一直表現很熱心，這是怎麼了呢？

「這你就別問了。」儲升說。「趕緊安心上你的班吧，都是事業單位，哪兒都有工資，在哪兒上班，不是一樣呢。」儲升說。

楚紅衛站了起來，憤怒讓她有了膽量，她說：「同意調，是你們黨組開過會，下過紅頭文件的。現在，一句話就了了？」

「我不是說了嘛，不是我們，是上級，上級再一次提出你檔案中的年齡問題。別人都是往小了改，你為什麼改大呢？」

「這個問題不是凍結前就說清了還附了原始材料嗎？那時也是經過組織同意的。怎麼又當問題提出？」

「現在人換了，不再是從前那撥兒。」

「人換了，崗位標準就變了？」紅衛很憤怒。

儲升不看她，聲音不大卻是異常堅定地說：「小楚，你應該清楚，我叫你來，不是沒事兒找你嘮閒嗑兒的。我這是代表組織，通知你，明白嗎?!」

「噢，代表組織，紅臉，白臉。」紅衛有點明白了。她站起來，兩腳都順拐了。快要出門時，儲升在她身後說：「想開點，你這算啥呀，一個小夥子，省裡的幹部，熬過五十了，提拔個處級，都上常委會了，因為凍結，沒鬧成黃了。人家還不活了？」

從儲升的辦公室出來，楚紅衛覺得她是踩著空氣在走。如果有高血壓，她此時也該像馮塵一樣，抱著樹根救命了。儲升說不讓她鬧了，說是上級因為年齡問題，真他媽的毒啊！年齡是改大過一歲，那是她不到上學年齡，姐姐到了卻身體瘦弱，母親怕姐姐挨欺負，讓她陪姐姐做伴兒上學。年齡增大一歲是什麼罪惡嗎？當時證明也開了，原始材料也審了，各級部門都審核通過。現在，一解凍，事情又回到了原點。拿這個羞辱她，真不是人養的啊。

楚紅衛回到家，正巧接到梁愛姐電話，她就把事情跟梁姐說了。梁姐安慰了她幾句，大致和儲升說的一樣：「有一小夥子熬過五十了要提拔個處級，事情都過常委會了，因為凍結解凍，把關的人換了，最後也整黃。人家還不活了？」這樣的安慰沒有可比性，也不奏效，楚紅衛仍然祥林嫂一樣重複她的感受。最後梁愛都忘了要找她幹啥，找個藉口把電話掛斷了。

這時，魏建設的電話又打進來，他純屬閒來無事，可楚紅衛此時的智商幾乎低到負數，她開始又重複地求魏建設，問他能不能再找到人，求動王淑姬？魏建設在那邊半天沒說話，最後他嘆了口氣，說：「看來人真的是不能屢受打擊的，老打擊，誰也架不住。」

楚紅衛沒明白他說的是什麼意思，還想問，魏也找個藉口把電話撂斷了。楚紅衛又把電話打給了柳眉，柳眉說：「紅衛，咱得認命了。我家老韓都說了，求到老戴那兒了，就是頂了天。他都出事兒，這是你命裡不該有，咱認吧。」

18

第二年夏天的時候，這個省最高的創作部門，召開第多少屆代表大會，楚紅衛和柳眉都來了。那件事失敗了，她們都不再碰，不提，不談論，就像從來沒有發生過。楚紅衛覺得這既是自尊，也是對柳眉那番真摯友情的禮貌。

大樓上的鎦金大字，依然那麼閃亮、刺眼。柳眉是第一次參加這種大會，她腳步輕快，內心神聖。從前這種會，代表僅百十來人，現在，說情的、和儲升有面子的、和王淑姬關係不錯的，都來了。

四百來號人，自助餐廳像個大自由市場，一片烏泱泱。人多沒好飯，豬多沒好食，很多菜就是白水煮菜梆子，好在這些人並不在乎吃喝，她們要的，是側身其中的資格，是代表的榮耀。

老柏、老王也來了，楚紅衛沒想到他們都成了代表，更沒想到的是他們跟儲升更熟，老朋友一樣拍肩拉背。楚紅衛一直躲瘟疫一樣躲儲升，自從儲升讓她別鬧了，一個「鬧」字，把她噁心了多少天，一直到現在，她一想到那個「鬧」字，還起雞皮。柳眉婉轉些，她和儲升、王淑姬像認識了很久一樣，既禮貌恭謹，又談笑風生。讓紅衛有點發愣。

第二天，楚紅衛就離會了，假都沒請。她現在不但看不了儲升，也無法面對王淑姬。因為她明白過來了，王淑姬和儲升各自紅白臉的角色，她有種被騙被戲耍的羞憤。心想這個女人不怪能當那麼大的官兒，雖然三頁材料都拿不起來，可是有手段。

閉幕這天，曲重也來了，創作中心的前主席，他和王淑姬圍坐一桌，緊挨著。聽說從前他們是上下級，現在，平起平坐，友情更親密了。儲升一直侍候著倒酒，馮塵胖肩膀馱著個圓腦袋，一圈一圈，很有眼色地侍候儲升。幾圈下來，大家就喝得像家宴了，氣氛十分熱烈。那些從下面地市來的頭頭腦腦們，就紛紛上來敬酒。主要是敬領導。

老柏、老王也坐了過來，挨著儲升，對面是曲重。酒至興處，八卦又起，有的代表說：「楚紅衛怎麼走了？喲呵，脾氣不小，聽說為那事兒不高興，一直喪著臉。」

「一張喪臉給誰看呢？我們又不欠她的。」王淑姬憤慨。

「當初那誰誰，」——儲升提到了「那個人」的名字，說，「人家對她那麼好，有知遇之恩，她都不念，翻過臉來跟人家吵架。小楚這女人，可惹不得，要命！」

「就是，就是，聽說她還……」

這時候馮壓正到另一桌敬酒，感謝那些人的支持。曲重看著他的後背，那胖胖的後背滾圓得像一面牆，曲重的笑近乎嘻皮笑臉，他用嘴一呶，眼睛卻看著老柏，說：「老柏，小楚也不搭理你了吧？你應該去跟老馮碰個杯，你們哥倆正該喝一壺兒。」

儲升笑得滿臉只剩了牙。

王淑姬不喜歡他們這樣，又拉回正題，說：「她成績是不錯，可性格，太有問題。我們當初那麼幫她，她卻背後還怪我們玩心眼兒，說壞得冒煙兒……」

19

老柏散後曾對柳眉說，無論別人怎麼說、怎麼看，他都堅信，紅衛是個真正熱愛藝術、癡迷文學的乾淨女子。「女子」兩個字，讓楚紅衛的內心淚流成河。

這天，紅衛正在單位值班，星期天，什麼事也沒有，偌大的辦公樓只有她自己。紅衛在寂靜中，打開電腦，她已經可以回到正常，恢復作品的創作了。精神風貌也格外地好，低下去的智商，又升起來，並且，馬力十足。是閱讀、時間，療癒脆弱又頑強的生命啊。誰規定打籃球的就不能掌握足球技能呢？那顆磋砣過、破碎過，傷痕累累又癒合重生的心，現在，鐵砣一樣，非常堅定。她兩隻手雀兒一樣在鍵盤上叨著，幾日不寫，手和鍵盤真是想念。

老魏打來電話，他一定是以為紅衛在家，星期天沒什麼事兒，他搭訕兩句。聽說紅衛還在辦公室，正在寫作，他說：「這就對了，誰也沒摁住你的手，能寫就寫，時間也是海綿裡的水，能擠就擠的。」

這樣的陳詞濫調，真的是很沒意思，她都不知怎麼接話。

老魏開始旗幟鮮明，大罵王淑姬他們的無情，說：「那一類人，無論男女，除了政治惡棍，就是政治婊子。他們代表著什麼組織啊，就是代表自己吧。你如他們意了，什麼都好說，能辦。你不趁人家的心，一萬個鬼門關等著你！這些女人不如戲子，戲子有時還能假戲真做，可她們，心腸都是石頭做的！你輕易，是打不動她們的。」

這些話紅衛愛聽，特別是從前。現在，她略略有些詫異，老魏今天的電話，不會是為了罵一個女人吧？魏建設接著說：「我告訴你吧，那些官場上殺伐過來的人，尤其女人，別看她們表面上塗脂搽紅，其實，她們早已不是女人了，內心硬得能吃鋼屙鐵！」——後面的話沒等聽完紅衛已笑得嗆住了，嗆得她連咳嗽帶眼淚……

有一年多，沒有柳眉的消息了。在微信朋友圈，倒是能見到她給王淑姬點讚。王淑姬也給她回點。地位懸殊，但顯然，她們已成了朋友。紅衛一個讚都沒在柳眉的上面點，雖然發自內心地為她取得的成績高興。不點，是對她的貢獻，對她好。

日子真快，調動的事成了笑話，又隨著時間，成了人們懶得提及的話題。熱點太多，談資一個接著一個。春天的時候，院裡的最高領導人，那個喜歡在開會時兩手一張一張，小棒槌一樣的鄒懷，他在上級機關開會時，坐在第一排，腦袋突然歪了。送救及時，他留下了命，但人已是半癱了。

「忍一時卵巢囊腫，退一步乳腺增生。晉半格前列肥大，升一級滿頭禿頂。」周圍的同事有四十歲掛的、五十歲病的，楚紅衛也常常覺得肋下疼，一檢查，果然又增生了。乳腺增生，是所有女性的必得之病吧？坐在那裡開會，她尤其覺得悶。這一年，楚紅衛幹了兩件事，一是把外甥女佳寶，從小她接送過的那孩子，送到歐洲留學。第二件，她提前離職了。

這個年紀幹出這樣的事，人們又用看精神病的眼光看她了，但她不在乎，終於不在乎了。自由，難道不需要付出些代價嗎？她把家裡的一些東西送了人，然後，一輛車，就拉上了所有。向北方，開車走天涯。她邊走，邊錄了一些視頻（影片），有人以為她要當網紅，其實她內心，是想去找一個人。

好山，好水，好自然。

輕鬆，自在，身無病。

她覺得自己的身心都得到了昇華，那些偉大的作品，時常激蕩於胸：

我看到，從這片深淵裡，升騰起一個美麗的城市……。我看到我所獻身的人們，幸福安詳的生活。一切都變得賞心悅目。……我所做的，是我一生做過的，最好最好的事；我即將得到的，是我一生最安詳、最最安詳的休息。

——狄更斯那段壯烈的告白，她時常對著麥克風，唸給粉絲們聽。

她在北方的一個城市，住了下來。白天寫作，晚上開播，不露臉，只出聲，寫作的功底加上講述的能力，讓她吸引了百萬粉絲。半年過去了，粉絲們不理解的是，她的直播間有這麼多的流量，她為什麼不賣東西呢？她到底圖什麼呢？

很多粉絲忍不住問，她說：「為了尋找一個人。」

「什麼人，戀人？」

她沉默了很久，說：「說來話長啊……」

20

時間不禁熬，又一晃，楚紅衛已經在歐洲生活了。

姐姐離世，她替姐姐來到佳寶身邊。佳寶三十歲了，多年的海外生活，讓她成為一個有多項專長的斜槓青年。她和紅衛像那些多年成兄弟的父子，也成了老姐老妹。

每天，佳寶上班，紅衛到離家很近的加倫河，一把舒適的椅子，膝蓋上是靈巧的筆記本電腦。一雙蒼老的手，敲擊起鍵盤依然那麼靈活。離職，出局，心不熬糟了獲得了一個好身體。她在寫一個明朝王爺的故事，那個叫朱載堉的人，放棄王位醉心藝術，其中一段醒世詞，特別讓她著迷：「人生不必苦張羅，休把心機用太過。富了又窮窮又富，江河成路路成河……。」

——江河成路路成河。

佳寶來到她身邊時，她已躺在椅子上觀夕陽。那碩大壯麗的夕陽，一墜入加倫河，就幻出一河粼粼的金幣，太好看了。佳寶貼著她身邊坐下來，低頭翻看朋友圈，紅衛慈祥地攬著她。突然，佳寶說：「姨媽你看，柳眉阿姨都當上名譽主席啦！」

紅衛伸過頭，果然，柳眉的照片，還放在新聞上方，那雙眼睛、那直直的鼻樑、小巧的五官，還是那麼精緻。

佳寶說：「姨媽，我記得小時候，你和柳阿姨總在一起，她接她兒子，你接我。那時你們總支開我們，說悄悄話。這些年怎麼不來往了？是關係不好了嗎？」

「沒有，」紅衛覷著眼睛，說，「關係一直很好，但不聯繫，是為她好。」

「為什麼？」

「這個，就說來話長了。」

佳寶嘟起紅唇，她覺得姨媽真是老了，動不動就「說來話長」……

——寫於二〇二三年十月，石門

——二〇二四年春，再校

貓空－中國當代文學典藏叢書20　PG3080

說來話長
——曹明霞中短篇小說集

作　　者　曹明霞
責任編輯　孟人玉、吳霽恆
圖文排版　陳彥妏
封面設計　嚴若綾

出版策劃　釀出版
製作發行　秀威資訊科技股份有限公司
114 台北市內湖區瑞光路76巷65號1樓
電話：+886-2-2796-3638　傳真：+886-2-2796-1377
服務信箱：service@showwe.com.tw
http://www.showwe.com.tw
郵政劃撥　19563868　戶名：秀威資訊科技股份有限公司
展售門市　國家書店【松江門市】
104 台北市中山區松江路209號1樓
電話：+886-2-2518-0207　傳真：+886-2-2518-0778
網路訂購　秀威網路書店：https://store.showwe.tw
國家網路書店：https://www.govbooks.com.tw
法律顧問　毛國樑　律師
總 經 銷　聯合發行股份有限公司
231新北市新店區寶橋路235巷6弄6號4F
電話：+886-2-2917-8022　傳真：+886-2-2915-6275

出版日期　2024年11月　BOD一版
定　　價　340元

讀者回函卡

Printed in Taiwan

國家圖書館出版品預行編目

說來話長：曹明霞中短篇小說集 / 曹明霞作. --
一版. -- 臺北市：釀出版, 2024.11
面； 公分. -- (貓空-中國當代文學典藏叢書 ; 20)
BOD版
ISBN 978-986-445-996-4(平裝)

857.63 113014110